悪ノ間奏曲
「悪ノ娘」ワールドガイド
悪ノP
(mothy)
PHP
Cover Illustration by. 憂

INDEX

Illust Collection

Illustration by 午前4時

Illustration by 笠井あゆみ

Illustration by ちほ

Illustration by あさぎり

Illustration by shirakaba

AKUNO
bonenod

Illustration by 秋赤音

キャラクター紹介

「悪ノ娘」シリーズに登場したキャラクターを、悪ノP、そして壱加氏のコメント付きで一挙公開！

リリアンヌ=ルシフェン=ドートゥリシュ
（鏡音リン）

ルシフェニア王国を統《す》べる王女。傍若無人な振る舞いと傲慢な性格から、民衆には「悪ノ娘」と呼ばれ忌み嫌われている。召使のアレンとは双子だが、幼少時の記憶をなくしていて覚えていない。革命軍との内戦で命を狙われるも、アレンの手助けにより王宮から逃げ出し、後に修道院で暮らしはじめる。

「さあ、跪《ひざまず》きなさい！」

悪ノP's comment

性格はあまり複雑な設定はなく、テンプレートな「我が侭娘」ですね。曲のイメージからいかに発展させるか、といったところです。修道院に入ってからの成長も書きたかったんですけどね（笑）。そこはちょっと心残りではあります。どこかで出せるといいな。

※このキャラクターは、クリプトン・フューチャー・メディア株式会社から発売されている、VOCALOID2 キャラクター・ボーカル・シリーズ 02「鏡音リン・レン」の“鏡音リン”をモチーフにしています。

◀▲修道院の衣装は、腰部分についている紐でまとめ、左横で結び留めている。後ろも前と同じ様式。

▲リリアンヌが身に付けているアクセサリー（ラフ画）。宝石が中心に置かれたシンプルなものが多いが、やはり高価そうだ。

Ichika's comment

◆王女衣装

可愛らしい雰囲気がでるよう、リボンとレース多めのふわふわとした衣装です。装飾品は薔薇モチーフが多め。どこかでアンネとの親子の繋がりを持たせたかったので、ネックレスは“アンネ女王が付けてたものを加工したもの”として描いています。

◆修道院衣装

新米修道女ということでスカート丈は短め。全体的に布を縫い合わせただけのようなシンプルな衣装ですが、元王女なので着こなしだけはきっちりしているという個人設定。でも多分仕事は不真面目。というか不慣れなんだと思います。

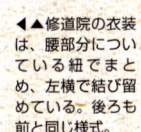

アレン=アヴァドニア
（鏡音レン）

剣術、馬術共に相当な腕前を持ちながら、凡庸な召使としてルシフェニアの王宮に仕える少年。大人びた性格だが、たまに少年らしい表情を見せることもある。実はリリアンヌの双子の弟。リリアンヌの幸せを何よりも願っていた。革命軍との内戦時にリリアンヌを逃がし、その身代わりになり王女として処刑される。

悪ノP's comment

書いていて一番やりづらい人です（笑）。主役なのに。少年なのに少年らしさがなさすぎるとか、その“少年らしさ”が難しくて一番辛い。「十四歳の少年」って難しいですね。いまだにつかみきれてないです（笑）。いろいろ失敗したなって部分が多いです。

「お味はどうですか？ リリアンヌ様」

※このキャラクターは、クリプトン・フューチャー・メディア株式会社から発売されている、VOCALOID2 キャラクター・ボーカル・シリーズ 02「鏡音リン・レン」の“鏡音レン”をモチーフにしています。

フード部分

コートの下は前回の服

▶▶髪の毛を縛るリボンはちょうちょ結びになっているようだ。靴はシンプルなローファー型。

Ichika's comment

◆召使衣装
召使なのできっちりしつつも動きやすそうな衣装。服に着られている雰囲気や少年らしさを出したかったので、上着の襟などは少し大きめ。ポケットは飾りです。力仕事をしてるときは上着脱いでるといいと思います。

◆外出着
召使衣装の上からそのまま着られるように、少しゆったりとした服。王女の御付をするときでも安心なフォーマル風、雨でも大丈夫なフード付き、フリーサイズ、といろいろ考えながら描いてました。

ミカエラ
（初音ミク）

キール邸で働く使用人で、元は大地神エルドに仕える精霊の一人。好奇心旺盛な性格で、趣味は人間観察。転生の際、人間の姿として『原罪者』の姿を選ぶ。優しくて気さくな性格に加え、美しい容姿と歌声から皆に愛されている。親友であるクラリスのことを常に気にかけており、人間の「愛」について悩むことも。

「あなたは私にとって、とても素敵な人だよ」

悪ノP's comment

この人も扱いづらい（笑）。基本的なところは「悪ノミク」というより「VOCALOIDのミク」のイメージそのままです。初期にあった「ミクは天使」みたいな。クラリスとの関わりでようやく「悪ノミク」として独立できたかなと思います。あとやたら設定多いですよね（笑）。

※このキャラクターは、クリプトン・フューチャー・メディア株式会社から発売されている、VOCALOID2 キャラクター・ボーカル・シリーズ01「初音ミク」のキャラクターをモチーフにしています。

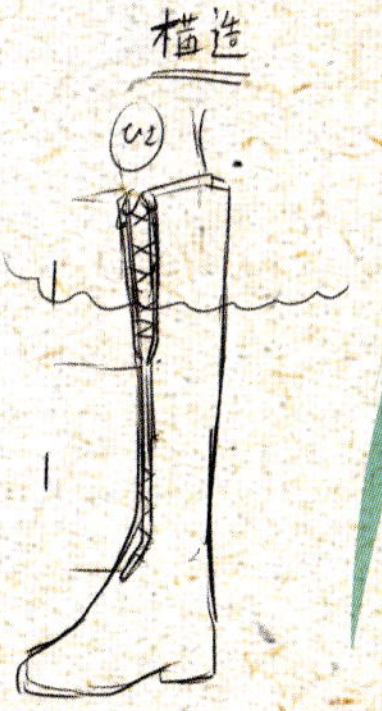

▶町衣装の袖口にはレースがあしらわれている。袖の長さは七分丈。

Ichika's comment

◆町衣装

可愛らしくということで、袖口などがひらひらとした衣装。袖口など、二枚重ねにしている箇所が多いです。使用人よりも歌姫として描いています。あとペンダントは形はホタテに近いですが、大きさは親指の先程度です。

◆村衣装

ドイツっぽくということだったので、メルヒェン街道のイメージで。クラリスのお母さんのお下がりという個人的な設定があるので、スカート丈は少し長めです。村ではおしゃれしているイメージがなかったのでリボンはなしにしています。

クラリス
（弱音ハク）

ミカエラと共にキール邸に仕える使用人。白髪と赤目が特徴のネツマ族の少女で、異民族ゆえにエルフェ人から迫害を受けてきた。「生きていてごめんなさい」等の口癖や、悲観的な性格はそこで形成された。基本的に不器用で何をやってもダメだが、料理だけは得意。また動物・植物が好きで、根は優しく面倒見がいい。

悪ノP's comment

一番僕の「素」に近いキャラです。「生きていてごめんなさい」はリアル口癖ですから(笑)。だから感情移入しやすいですね。変なところはありますけど、一番人間らしい“一般人”だなと。元々ハク自体がボカロでなく「マスター」という設定でしたしね。

「ご、ごめんなさい！本当にごめんなさい！」

※このキャラクターは、VOCALOID2 キャラクター・ボーカル・シリーズ01「初音ミク」の派生キャラクター“弱音ハク”をモチーフにしています。

◀髪の毛の長さはひざより少し上ぐらいの長さ。顔の横に垂らした髪で耳が隠れがちなのも特徴。

Ichika's comment

◆町衣装

基本的な構造はミカエラと一緒ですが、大人らしさや陰のある雰囲気を出したかったのでシンプルな衣装に。あまり女性らしい派手な服を着るイメージがなかったので、襟元などは少し男性的。背中の紐は五回に四回くらいはミカエラに手伝ってもらってると思います。

◆修道院衣装

得意な料理がしやすいよう、袖口がすっきりとしたデザインにしています。修道院では髪飾りなどの装飾品はつけてはいけないようなので、泣く泣くリボンをカット。蛇足ですが、腰の紐は常に縦結びであってほしいです。

◆村衣装

簡単に着られそうなシンプルなワンピース。異民族っぽさを出したかったのと、クラリス自体、村の中で目立たない服装を選んでいるつもりが結果的に若干浮く服装になってしまうというイメージがあったのでこんなデザインです。

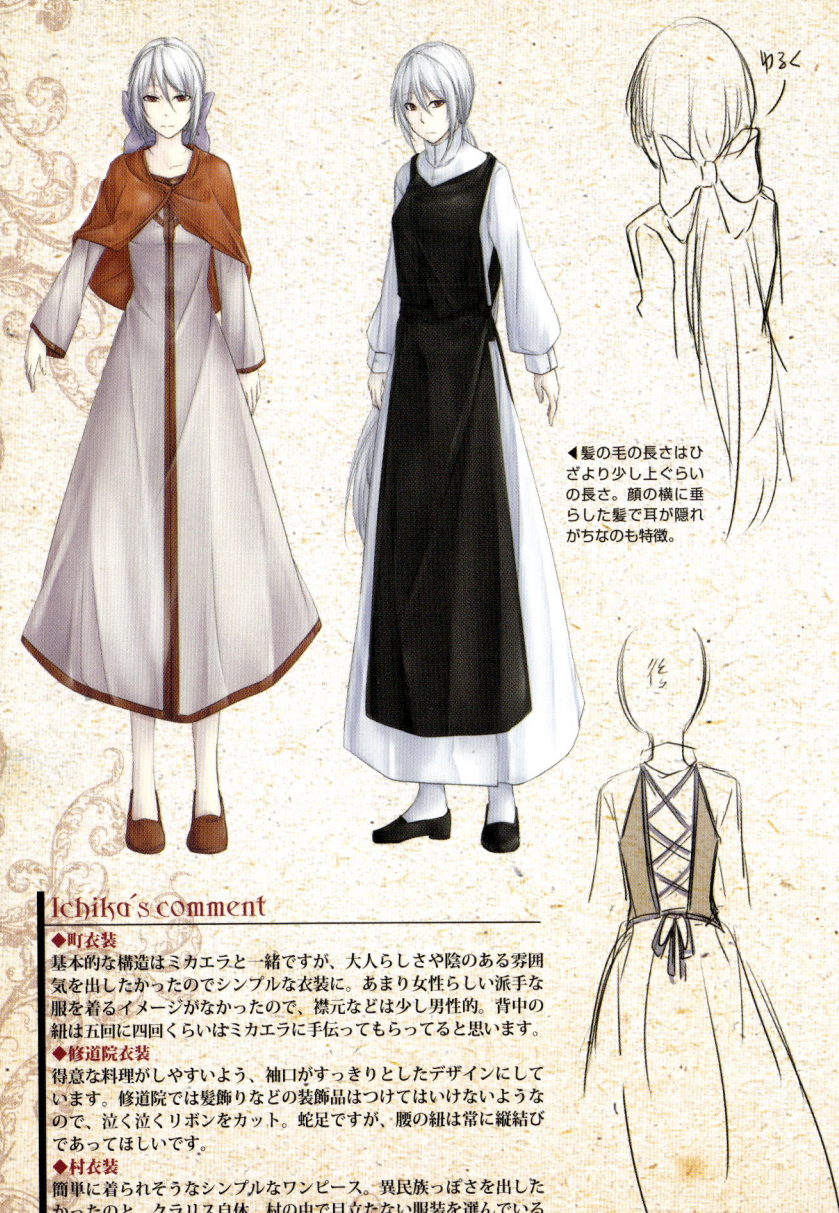

シャルテット＝ラングレー
（重音テト）

王宮に仕える侍女で、アレンの幼馴染《おさななじみ》。怪力の持ち主で力仕事が得意だが、反面細かな作業が苦手で、王宮内の物をよく壊している。快活な性格から王女に気に入られており、ティータイムを共に過ごすこともある。革命時には身の丈以上の大剣を武器に三英雄の一人マリアムと激闘を繰り広げた。

「まだ噴水は壊したことないッス！」

悪ノP's comment

好きなキャラですね（笑）。使いやすいキャラでした。もうちょっと活躍させてあげたかったですね。第二弾では活躍がなかったので、その分第三弾に出させてあげられたらなぁと思ってます。

※このキャラクターは“重音テト”をモチーフにしています。

◀戦闘は身長よりも大きい剣を振り回すスタイル。そのため動きやすさを重視した格好になっている。

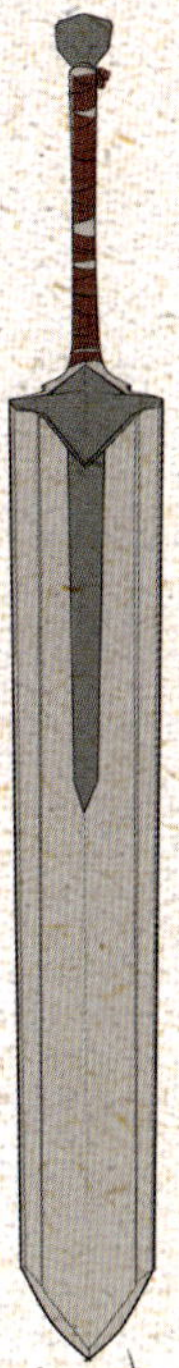

◀大剣はシンプルなデザインだが、その大きさに圧倒される。斬撃よりも鈍器として使用するイメージだろうか。

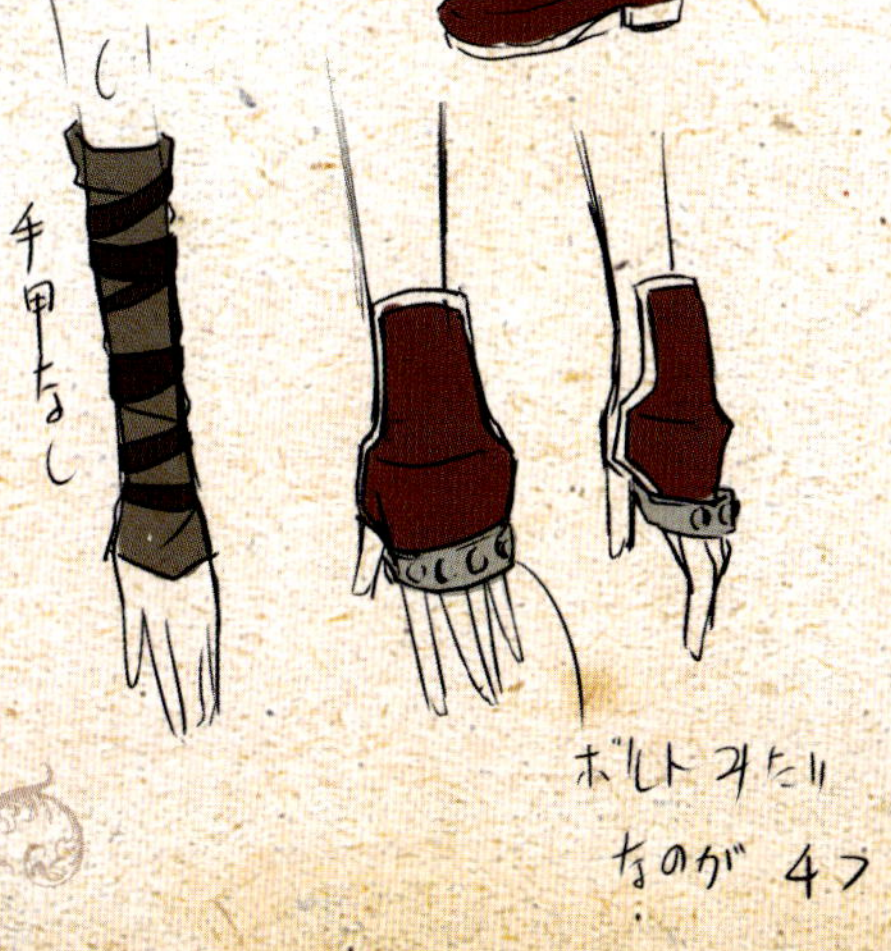

Ichika's comment

◆メイド衣装

袖口は折り返してきっちり。裾にはフリル、スカートはふわっと、という黄の国風のメイド服。動き回ることが多そうなのでスカートの裾は少し短め。胸元のリボンは最初髪色に合わせて赤でしたが、黄の国で赤はないと思い黄色に変更しました。

◆レジスタンス衣装

民衆なので普段着に軽装備。手甲は最初もうちょっとごつかったです。足の鎧は大剣を振り回すときのウエイト稼ぎという名目で描きました。なので見た目よりも重いという設定です。多分一蹴りで致命傷。

ネイ＝フタピエ
（亞北ネル）

王宮に仕える侍女で、三英雄の一人である侍女長マリアムの養女。何でもそつなくこなすが、噂好きで口が軽いのが欠点であり、それが元で騒動を起こすこともある。リリアンヌに気に入られており、彼女の情報源になっている。その正体はマーロン国の第十三王女、ネイ＝マーロン。

悪ノP's comment

クラリスとネイは初期から設定だけあったキャラです。もとは双子と幼少期をともに過ごした"お姉さん"みたいな立ち位置で、"もう一人の召使"になるはずだったんです。初期から設定が一番変わったキャラです。実はギャグキャラになる予定でした（笑）。

「あたしが話したことは……どうかご内密に」

※このキャラクターは、VOCALOID2 キャラクター・ボーカル・シリーズ 01「初音ミク」の派生キャラクター"亞北ネル"をモチーフにしています。

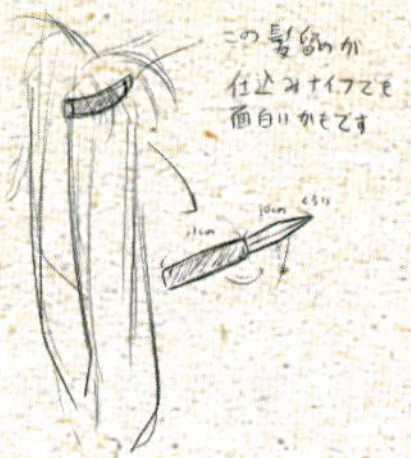

▲暗殺時の髪の束ね方はいくつか考えられていたのだが、あの場面ではどのようにしまっていたのかは秘密だ。

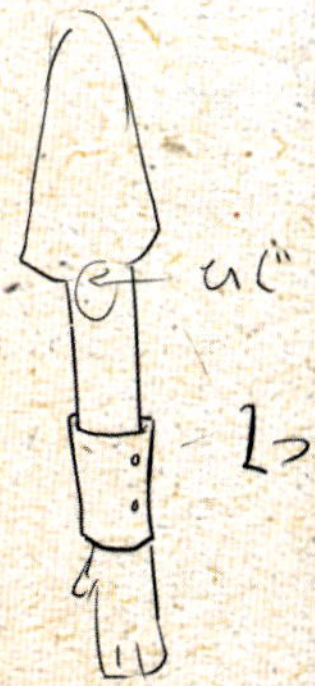

Ichika's comment

◆メイド衣装

基本はシャルテットのメイド服と同じです。仕事内容と性格の違いから裾だけ長め。一日の始めと終わりでも服にまったく乱れがないくらいメイド服を着こなしていそうな気がします。養母仕込みです。

◆暗殺時衣装

隠密行動するので全体的に黒い衣装です。動きやすさ重視。ブーツは柔らかい皮か布製で足音がたちにくい仕様です。髪の毛は状況に応じて軽くまとめて服の中へ。多分ぎりぎり入ります。入れます。

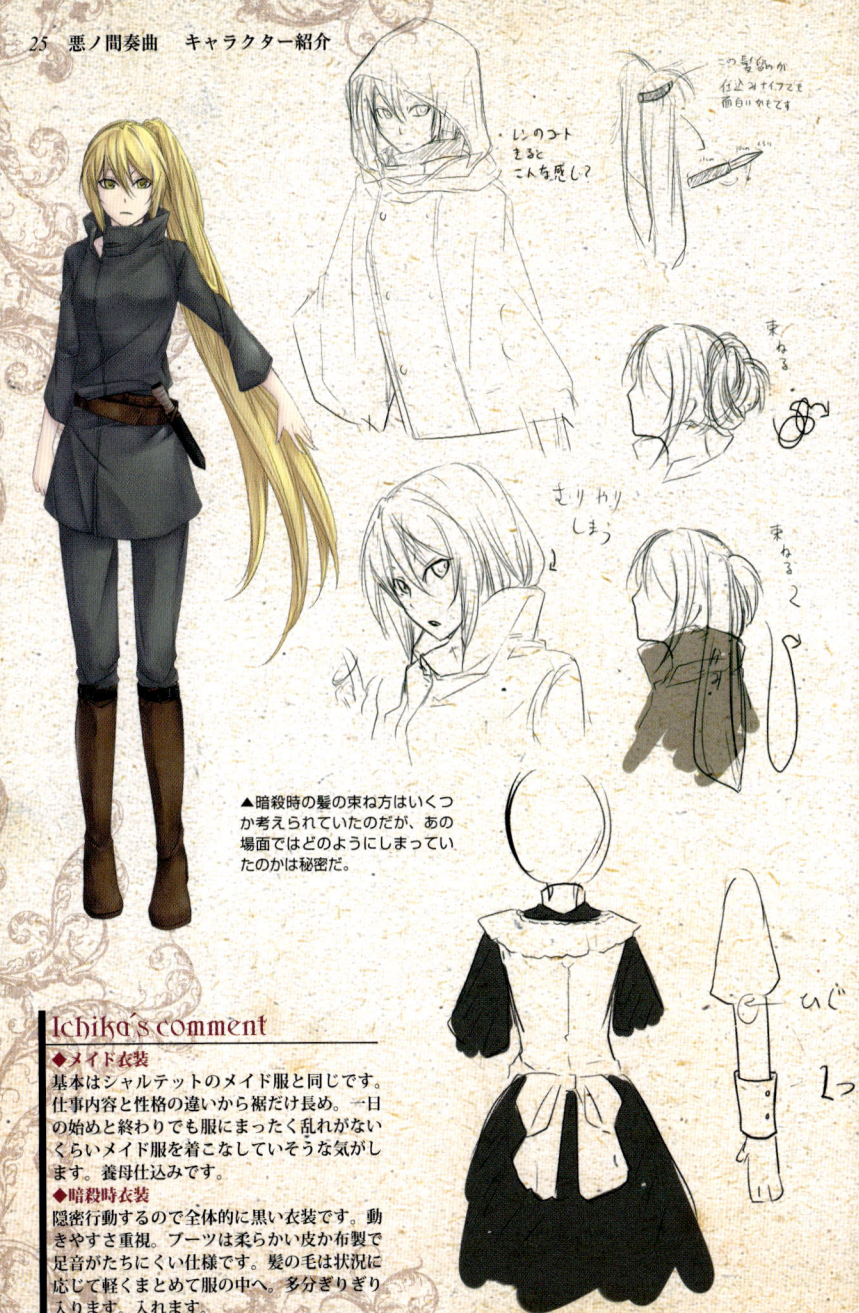

カイル=マーロン
(KAITO)

『青ノ国』こと西海の島国マーロン国の王であり、リリアンヌの許婚《いいなずけ》。リリアンヌからはカイル兄様と呼ばれ愛されているが、友人であるキールの屋敷で出会ったミカエラに一目惚れし、独断でリリアンヌとの婚約を破棄した。母であるプリム皇太后に頭が上がらず、そのことを悔しく思っている。

悪ノP's comment

申し訳ないんですけど、一番どうでもいいと思ってます(笑)。あんまり真面目に書きたくないキャラですね。小説にかかわらず、全体的に僕にかっこいいKAITOを期待しないでください。出番は多いので、おいしいキャラではあるんですけどね。

「……からかうのはよしてくれ」

※このキャラクターは、クリプトン・フューチャー・メディア株式会社から発売されている、VOCALOID「KAITO」のキャラクターをモチーフにしています

◀仮面のモチーフは某シャ●だったとかなんとか。シンプルな衣装だが、ところどころの装飾が細かく豪勢だ。

Ichika's comment

◆正装

重厚さをテーマにしたので、全体的にきっちりとした堅い雰囲気です。上着の襟はスーツ風で。袖口は少しいかつい感じ。青の国は四角のイメージで衣装を描いていたので曲線は少なめです。男キャラなので華やかさよりもシックさを重視。

◆お忍び衣装

青の国の一般的な服装というイメージで描きました。でも布の質は一般よりもワンランク上くらいで。鎧まで描くと国がばれそうだったので装備は剣一本です。王様衣装と同じ剣を携えてますが、忍ぶ気はあります。

ジェルメイヌ=アヴァドニア
（MEIKO）

ルシフェニアの城下町に住むアレンの義姉で、三英雄の一人レオンハルトの養女。仲間想いの姉御肌《あねごはだ》だが、少々荒っぽいのが玉に瑕。実は頭も良く、レジスタンスのリーダーとなり民衆を率いた。

「行こう、みんな」

悪ノP's comment

最初の頃は、英雄というか単純なヒーローっぽいキャラにしたかったんですが……なんだか屈折したキャラになっちゃったかなと。ミクと同じく、ボカロとしての設定がふんだんに使われてますね。彼女の過去についても書きたいです。意外と影が薄くなってしまって、可哀想なキャラクターです。

Ichika's comment

鎧はレオンハルトの鎧をベースに加工、胸元の紋章は剣の柄から、という風に父の意思を継いだ装備品です。女性なので機動性重視ということで軽装備。色気よりも勇ましさを重視したため、生足ではありません。

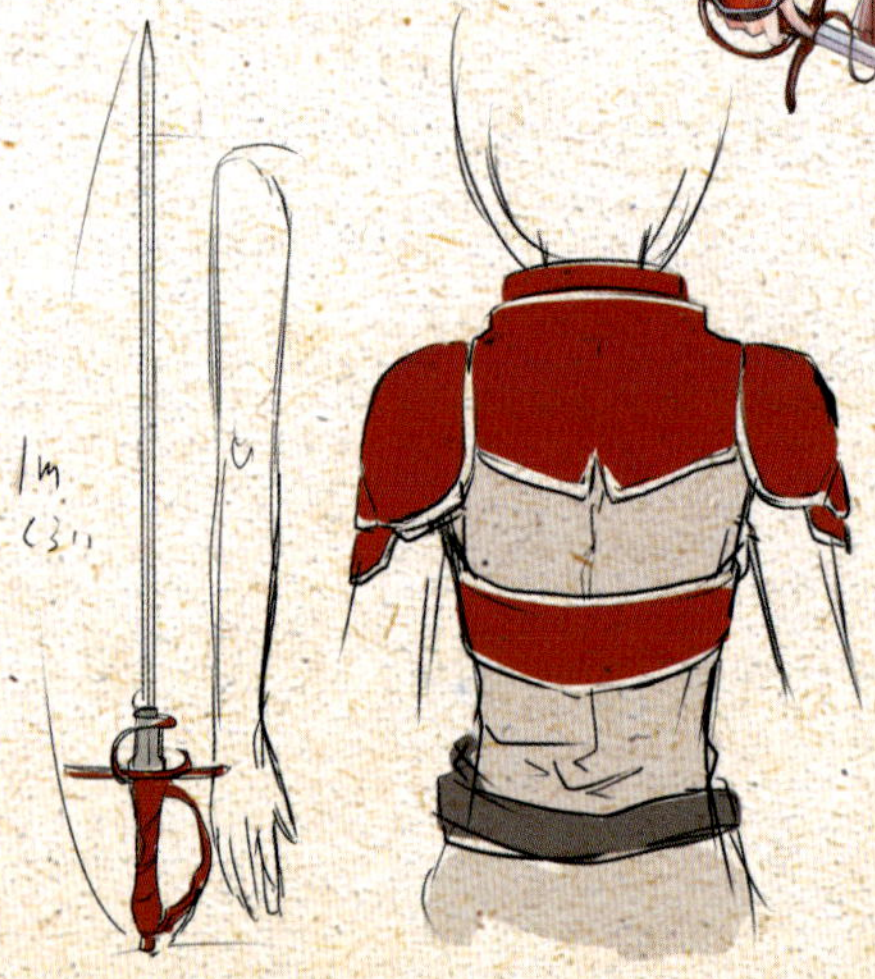

※このキャラクターは、クリプトン・フューチャー・メディア株式会社から発売されている、VOCALOID「MEIKO」のキャラクターをモチーフにしています。

レオンハルト＝アヴァドニア
(LEON)

アレンとジェルメイヌの養父であり、三英雄の一人。ルシフェニア王族の親衛隊長を務めるものの、考えの違いから王女とは犬猿の仲である。無類の酒好きで、娘のジェルメイヌとよく飲み明かしている。

「頑張ってるかい？　ガキんちょども」

悪ノP's comment

三英雄の中で、一番最初に浮かんだキャラです。初期の悪ノ娘のプロットにもいた人なんですが、その割にはあっさり姿を消してしまい……。まぁ番外編で少し活躍できたのでいいかなと。悪ノ娘時代ではもうロートルなキャラですしね。細かい設定も考えてはいたんですが、結局使われずじまいです。

Ichika's comment

がっちりとした重装備。装備品は基本赤と白ですが、マントの縁だけ、黄の国の人間であることを示すために黄色にしています。マントは親衛隊の制服のようなものなので、三英雄時代はあったり無かったり。

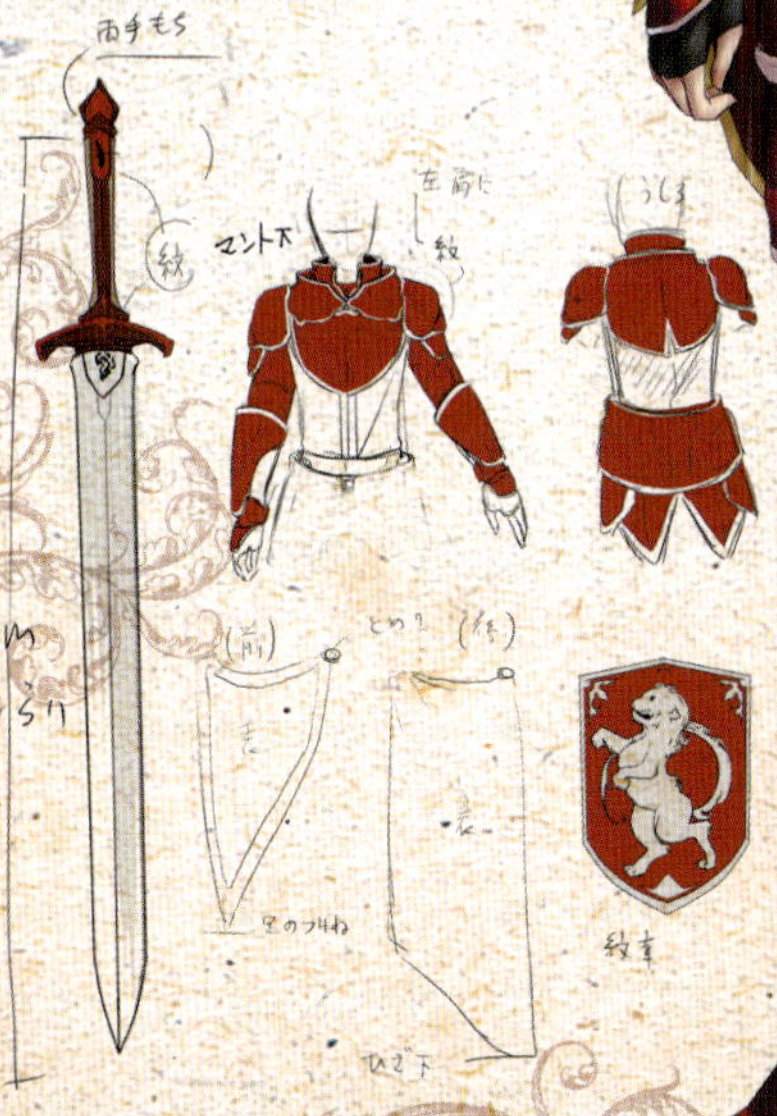

※このキャラクターは、ZERO-Gから発売されている、VOCALOID「LEON」を元に独自にキャラクター化しています。

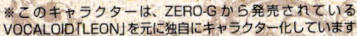

エルルカ=クロックワーカー
（巡音ルカ）

先代より王に仕える宮廷魔道師であり、三英雄の一人。彼女の予言は外れることがないとされ、王宮内でも信者が多い。長い時を生きており、大地神エルドからの依頼で『大罪の器』の回収を行っている。

悪ノP's comment

後付けのキャラですね！（笑）。もともと魔道師はほかのキャラが担当する予定だったんですが、ルカが発売されて差し替わってしまったので、結果的においしい役どころをもらっちゃったという。性格的には酔ったときの僕の性格に近いです（笑）。なのでクラリス同様、使いやすいお気に入りキャラです。

Ichika's comment

ローブがあるとわかりにくいですが、露出が少ないようで実はあります。肩とか脚とか。妖艶をテーマにした衣装です。腰の宝石はボカロのイメージカラーで。多分リリアンヌの次にアクセサリーが多いです。

「ルシフェニアはもうすぐ、滅ぶわ」

※このキャラクターは、クリプトン・フューチャー・メディア株式会社から発売されている、VOCALOID2 キャラクター・ボーカル・シリーズ 03「巡音ルカ」のキャラクターをモチーフにしています。

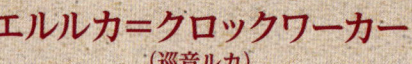

グーミリア
(Megpoid)

王宮に仕える見習いの魔道師で、エルルカの弟子。ミカエラと仲が良く、元は彼女同様に大地神エルドに仕える精霊の一人だった。人間への転生時にエルフェゴート初の女性宰相・グミナ＝グラスレッドの姿を選ぶ。

「そう、ネギ、とてもすごい、ネギ」

悪ノP's comment

全然活躍してないですよね……。今のところ非常に影が薄いので、第三弾で活躍してくれたら嬉しいですね（笑）。ポテンシャルは一番高いキャラだと思います。元精霊で、しかも魔道師。なので、今後に期待してください!!

Ichika's comment

エルルカの弟子なので衣装デザインは似せていますが、見習いっぽい幼さが出るような衣装です。でも見習い期間過ぎても服装を変えなさそうなイメージがあります。エルルカ同様、腰辺りに宝石一つ下げてます。

※このキャラクターは、株式会社インターネットから発売されている、VOCALOID2 アーティストボーカル「Megpoid」のキャラクターをモチーフにしています。

マリアム＝フタピエ
(MIRIAM)

かつては三英雄の一人として暗躍していたが、現在は王宮の侍女長を務めている。厳格だが優しい一面も持ち合わせており、彼女を慕う者は多い。諜報などの隠密活動を得意とする。

悪ノP's comment

見た目は豪華でクールビューティーって感じ。設定では優秀な諜報員だったんですが、結構ダメ諜報員に（笑）。全然役に立ってないし、娘のことも見抜けなかったし。みんなの厳しめなお母さんポジションです。というより、悪ノシリーズの女性は厳しい人ばかりで、皆強いですよね。

Ichika's comment

厳格、クールビューティーをテーマに。若干男性的な雰囲気で。衣装は先代女王の時代をイメージして少し古めです。どんな服装でもそれなりに動けそうなイメージがあるので、常に服の乱れなくきっちりしていると思います。

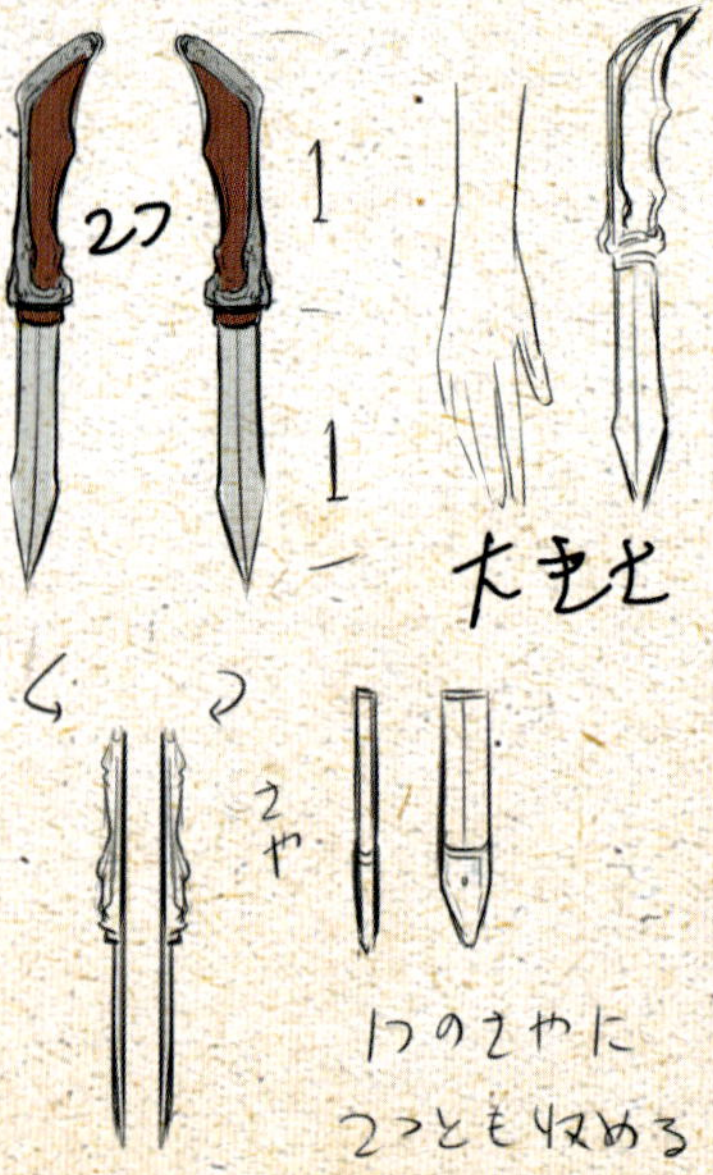

「我は三英雄、マリアム＝フタピエ！」

※このキャラクターは、ZERO-Gから発売されている、VOCALOID「MIRIAM」を元に独自にキャラクター化しています。

アンネ=ルシフェン=ドートゥリシュ
(SWEET ANN)

ルシフェニアの先代女王で、リリアンヌが憧れていた母親。「子供たちが笑って暮らせる国を造りたい」が口癖であり、国力の増強、発展に力を注いだ。夫であるアルスⅠ世と同じく、難病のグーラ病で息を引き取った。

「お主に、頼みたいことがあるのだ」

悪ノP's comment

彼女は、「リリアンヌが真っ当に育っていたらこうなっていただろう」という人です。強くて、優しくて、人望がある。ただきっと、幼いころはやんちゃだったでしょうね。無茶な冒険と恋愛の物語があったんだろうと思いますが、書く予定はないです（笑）。

Ichika's comment

女王の厳格さと女性の柔らかさをテーマに描きました。実は描いた当初一番気に入っていたキャラデザインでもあります。華美ではありませんが、その分堅実な雰囲気が伝わる衣装になっていれば幸いです。

イヤリング
ネックレス
2本
もよう

※このキャラクターは、PowerFXから発売されている、VOCALOID2「SWEET ANN」を元に独自にキャラクター化しています。

キール=フリージス
（氷山キヨテル）

マーロンからの移民でありながら、エルフェゴートで財を成した豪商《ごうしょう》。商業連合の総帥《そうすい》を務めており、情報の扱いにも長ける。マーロン王カイルとは古くからの友人。三人の子供がいる。

悪ノP's comment

スーパー後付けキャラその二です（笑）。最初は全然活躍する予定はなかったんですが、出番を増やしてみたらなんだかんだいいキャラになってしまい、その分カイルの出番が減ったという（笑）。こういう明るいキャラは書いていて楽しかったですね。親バカってところも微笑ましいです。

Ichika's comment

商人なので歩きやすそうな靴と衣装です。服装のベースは青ノ国。ローブは基本的には商談用で、暑いときや邪魔なときは脱ぐような感じ。王族貴族と対談するとき以外は結構着崩しているんじゃないかと思います。

「これ、商人の常識ね」

※このキャラクターは株式会社AHSから発売されている、VOCALOID2 ボカロ先生「氷山キヨテル」のキャラクターをモチーフにしています。

ユキナ＝フリージス
（歌愛ユキ）

エルフェゴートの豪商キール＝フリージスの長女。使用人のクラリスにとても懐いており、天真爛漫《てんしんらんまん》でいたずら好きなため、彼女をよく振り回していた。物語を書くのが趣味で、幼いながらも文才に長けている。

悪ノP´s comment
第三弾では活躍します。主役ですよ!!（笑）。フリージス童話の書き手として、物語の語り部となります。そういえば先日ユキのソフトを買ったので、今後楽曲も作りたいですね。

Ichika´s comment
正直描いてるとき一番楽しかった。元のキャライメージを基にしつつ、商人の娘ということでちょっとシックな大人びた感じにしています。キールの親バカぶりが透けて見えるような衣装になっていれば幸いです。

「『あくのむすめ』について
おはなしして！」

※このキャラクターは株式会社 AHS から発売されている、VOCALOID2 ボカロ小学生「歌愛ユキ」のキャラクターをモチーフにしています。

ガスト＝ヴェノム
（がくっぽいど）

傭兵《ようへい》団を率いる凄腕の傭兵で、『アスモディンの悪魔』の異名を持つ。ルシフェニア革命時には、アレンからの依頼で最後まで王宮に残り、エヴィリオス地方では見慣れない、カタナという武器を使用して革命軍を苦しめた。

悪ノP's comment

謎が多いのに出す場所がない（笑）。裏設定はすごい多いんですけど、一切語られてないですね。ヴェノマニア公の子孫だとか、実は●●じゃないとか、全然発揮されていない。そして素人の娘に殺されているという（笑）。そういう意味ではカイルより不憫じゃないかな。いずれ何かしらで出したいですね。

Ichika's comment

異国の者らしく和風に。装備品や衣装は剣道の防具をイメージして描いています。腰部分が女性の帯風だったりと、若干女性的な要素の入った衣装です。結構重ね着しています。体格は細めなイメージ。

「私も君と同じ……悪だ」

※このキャラクターは、株式会社インターネットから発売されている、VOCALOID2 アーティストボーカル「がくっぽいど」のキャラクターをモチーフにしています。

刀剣目録

物語に登場するキャラクターの武器を紹介。戦闘スタイルによってさまざまな形や装飾がある。

▲マリアムのナイフ。これを２本、服の中に仕込んでいる。

▲ネイが暗殺に使用した仕込みナイフ。全長20cm前後。

▲カイルの使用する片手剣。モデルはブロードソードから。

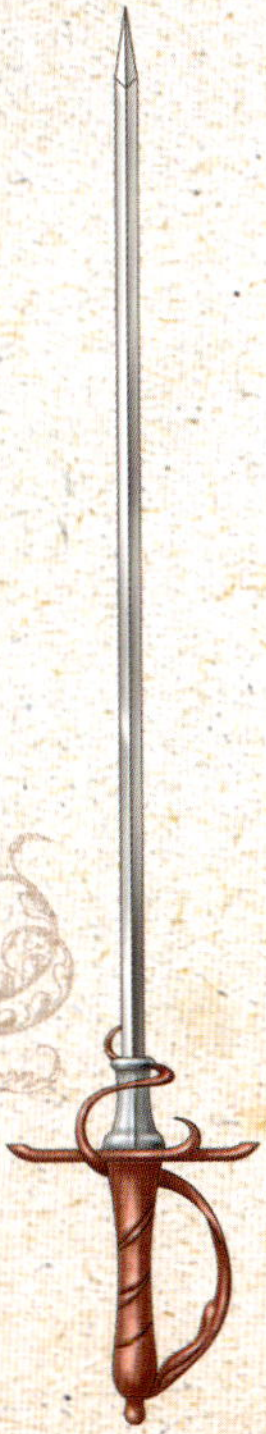

▲ジェルメイヌの剣はレイピアがモデル。美しい曲線が特徴的。

▲レオンハルトの大剣。両手持ち。刃には紋章が刻まれている。

▲ガストの武器"カタナ"は、東方の島国特有の片刃剣。

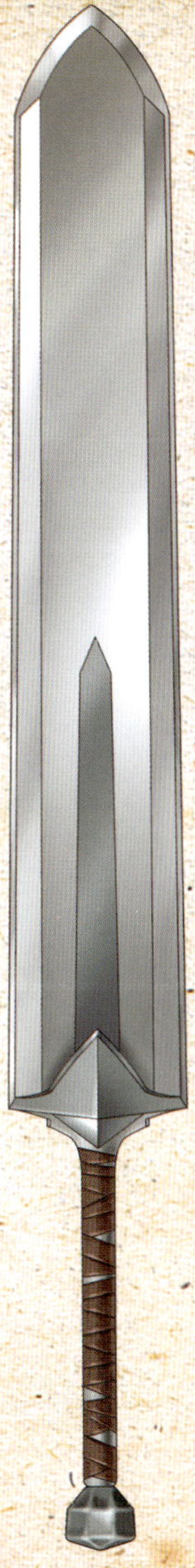

▲シャルテットが革命軍で使用した大剣。長さは２mほど。

大罪の器

現在判明している六種の『大罪の器』を紹介しよう。残りの一つ【憤怒】の器は、いったい何なのだろうか。

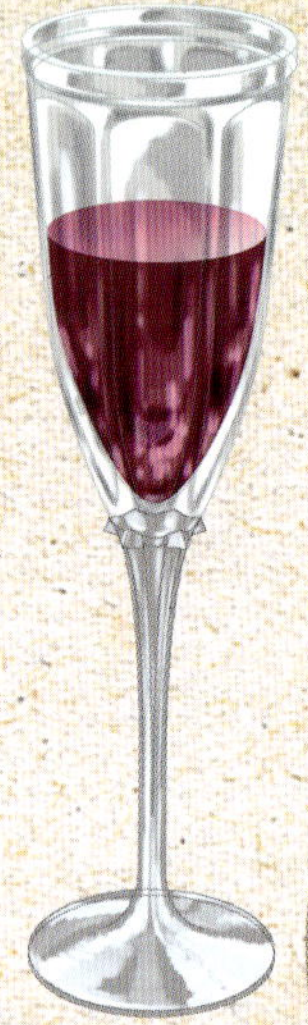

◀【悪食】の器『グラス・オブ・コンチータ』

◀【嫉妬】の器である和鋏。のちに『カヨの鋏』と呼ばれる。

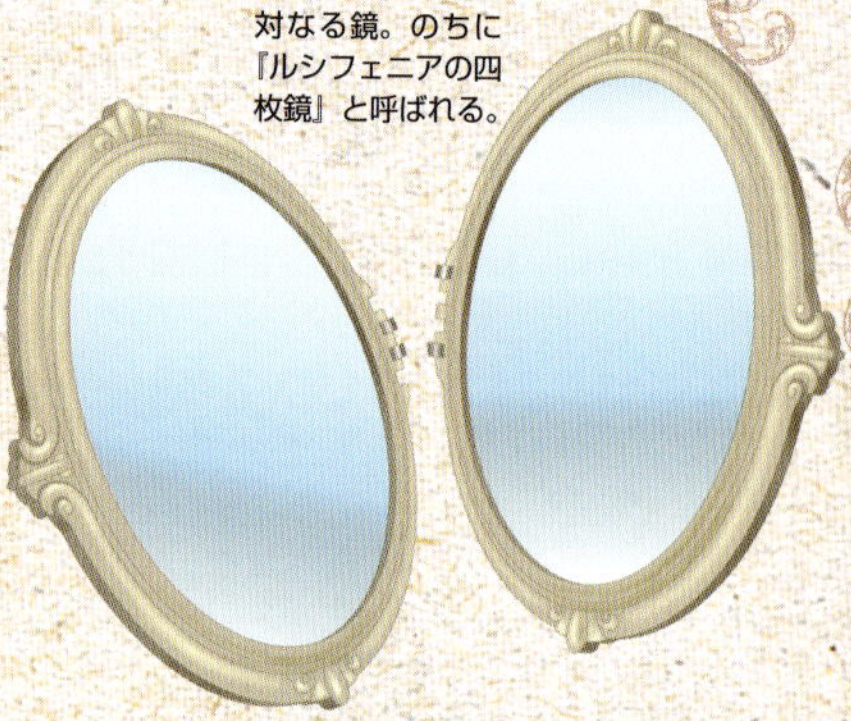

▼【傲慢】の器の対なる鏡。のちに『ルシフェニアの四枚鏡』と呼ばれる。

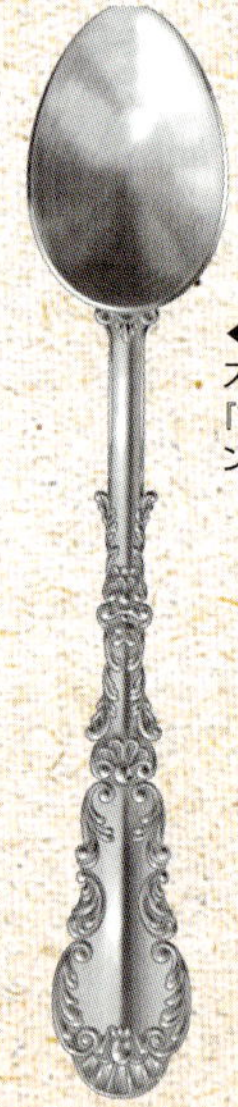

◀【強欲】の器のスプーン。のちに『マーロン・スプーン』と呼ばれる。

◀【怠惰】の器の人形。ぜんまい仕掛けになっている。

◀【色欲】の器『ヴェノム・ソード』はカタナの形をしている。

絵物語

少年と少女の冒険

原作 悪ノP(mothy)
絵 吉田ドンドリアン

少女は進む　迷いの森を
目指す場所は　盗賊のアジト
行方知れずの　幼馴染　彼女はきっと　そこにいるはずだから

少年は進む　少女を追って
助ける義理は　ないのだけれど
危険に自ら　飛び込む者　見ぬふりする　臆病者じゃない

襲われた少女　助け出した少年
二人で進もう　呪われた森の道を

おてんば少女は　英雄の娘
誰より強い　正義感を持つ
大人たちが　尻込みをしても　私は助ける　大事な友達

陰気な少年は　王様の息子
身分を隠し　英雄の養子に
大人たちの　醜い争いは　少年の心を　深く閉ざした

仲良くしようと　少女が呼びかけても　少年は答えない
気まずい雰囲気の二人

幼馴染のあの子　森から帰って来ない
森を根城とする　盗賊に囚われたのだろうか

森を進む途中　初めて二人は語り合った
それぞれの心　それぞれの気持ち

やがてたどり着いた　盗賊のアジト
意を決して　踏み込んだ二人
待ちかまえていた　巨漢の男
野獣のような目が　二人を睨む

叶わぬ相手だとしても　逃げるわけにはいかない
剣を構える二人　正義と友情を胸に……

少女は歩く　迷いの森を
目指す場所は　愛しの我が家
助け出した　幼馴染
結局最後は　彼女の手柄

少年は歩く　少女の後ろを
少し呆れた　顔をしながら
幼馴染の　説得によって
盗賊はすでに　改心していた

町へ戻って　とても怒られて
少し泣いた後
みんなで笑ったのさ

少女はやがて　英雄となり
処刑台の　罪人を眺める
少年はやがて　罪人となり
処刑台から　英雄を眺める
愚《おろ》かで純粋な　あの頃は
もう戻って来ないのだろうか
教えて誰か　教えてほしい
『悪』とはいったいなんなのですか？

あとがきコメント

悪ノPさんと吉田ドンドリアンさんに、絵物語「少年と少女の冒険」について語っていただきました。

吉田ドンドリアン

前にどこかできいた物語の登場人物が
今度は主人公になって　また
別の物語につながっていく・・・
あくの わーるど、しればしるほど
ひきこまれます。今回の物語も以前どこかで
でてきていて、おおお、と、
たのしくかきました
次の物語もたのしみです
吉田ドンドリアン

Yoshida Yoshitsugi
http://sekitou.sub.jp/

悪ノP(mothy)

「少年と少女の冒険」

少年＝アレンと、少女＝ジェルメイヌの出会いと冒険を描いた物語です。それと同時にシャルテットが森を苦手になった理由であり、エルフェゴートの元・不良兵士であり盗賊にまで落ちぶれたオイゲンが改心した経緯でもあります。いつか楽曲にしたいなぁ……。

「悪ノ娘」回顧録

ストーリーダイジェスト 1

第一弾の舞台は〝黄ノ国〟ルシフェニア王国。この国に君臨する王女と、その双子の弟である召使の物語。

黄のクロアテュール

表紙イラスト：壱加

第一章一節　十四歳ノ誕生日

教会から三時を知らせる鐘が鳴り響いたとき、召使のアレンは王宮の中庭の清掃をしていた。今日はルシフェニア王国の王女・リリアンヌの十四歳の誕生日。一大イベントを前に、王宮内は浮足立っていた。しかしそんななか、当の王女が行方不明になる。王宮に仕える者たちが総出で探すも、王女の姿は見つからない。アレンは一つの心当たりを胸に、名もなき海岸へと急いだ。

　アレンの予想通り、『迷いの森』を抜けた先の海岸にリリアンヌはいた。先日の親衛隊長の説教に腹を立て、その顔に泥を塗りたいがための脱走だったらしい。夕日を見つめながら寂しげな表情を浮かべるリリアンヌ。そんな王女――双子の姉の本心を、このときのアレンはまだ理解することができなかった。

　主役の帰還によって舞踏会は滞りなく行われた。各国の王や要人、商業を牛耳る大人たちが幼き支配者に祝辞を捧げる様は、ルシフェニア王国の強大さを顕著に表していた。

ルシフェニア王国

ボルガニオ大陸エヴィリオス地方の南部に位置する、当地域最大領土を所有する国。首都ルシフェニアンは、商人の多いローラム、下流層の市民が暮らすロールドなどの地区に分かれている。

迷いの森

ルシフェニア王国北西に広がる森。エルフェゴート国の『千年樹の森』と繋がっている。木々が生い茂り、道らしい道がないため、地元の木こりでもない限り不用意に立ち入るのは危険。

音の間

御前会議や、リリアンヌ自らが刑罰を決定する裁判が行われる場所。かつて戦時中に兵の待機所として使われていたため、今も剣や鎧が飾られている。

その様子を眺めながら、本来なら自分も〝祝われる立場〟にあるはずだったアレンは歯噛《はが》みする。しかしそんな考えも、舞踏会の余興として現れた巨大なお菓子の城によって消し去られた。民衆は飢饉《ききん》の影響で飢餓に苦しんでいるというのに、王宮内は別世界のようだ。姉の持つ強大な権力を目の当たりにして、アレンはただ圧倒されるだけだった。

第一章二節　心ニ宿ル悪ノ形

ルシフェニア王宮内・音の間で、今日もリリアンヌは〝罪人〟を裁いている。自分に口答えをする人間を次々とギロチンに掛ける姿は、臣下のみならず国民にとっても恐怖と憎悪の対象となっていた。その日の会議が散会した隙を狙い、召使の一人がリリアンヌに襲い掛かる。アレンがとっさに応戦し事なきを得るも、リリアンヌは一部の使用人を除き、しばらく人を寄せ付けなくなってしまう。

数日後、アレンはリリアンヌに呼び出され、親衛隊長であるレオンハルトを暗殺してほしいと頼まれる。幼い日と何一つ変わらない調子で話をする姉を見て、アレンは絶望に似た感情を抱くのだった。

王宮で働く使用人の中でも、王女付きは王女の歳に近い、若い者が多い

三英雄の家族模様

ルシフェニアの中枢で絶対的な信頼を得ている三英雄。プライベートの方は、というと、三人のうち二人が未婚の子持ちという不思議な家庭環境を持つ。もしかすると、それぞれ秘めた想いから独身を貫こうという気持ちがあるのかもしれない。

ネイとマリアムの親子のエピソードは、本書に掲載されている『トワイライトプランク』で明らかになっているが、ジェルメイヌがレオンハルトの養子になったきっかけはいまだ明かされていない。そして唯一、養子を持たないエルルカ。実は彼女だけ結婚経験があるとかないとか……。

リリアンヌを襲った召使

突如リリアンヌを襲ったのは、召使の一人アサン。彼は、リリアンヌに死刑宣告された政治家の弟だった。

リリアンヌの頼みごと

リリアンヌはアレンに、命令を書いた羊皮紙《ようひし》をガラスの小瓶に入れ、それを渡すという遠回しな頼み方をしている。ある「おまじない」を間違えて覚えているようだ。

レオンハルトはアレンの養父だった。公には死んだことにされ、一市民として街へ降りた自分を育ててくれた彼を殺すことに躊躇するアレン。しかし、メイドのネイからレオンハルトが王女の暗殺を企んでいるという噂を聞き、彼の暗殺を決意する。深夜、リリアンヌに誘われるまま酒を飲み、泥酔したレオンハルトにアレンは斬りかかった。

第二章第一節　双子ノ想イ人

ある日、アレンは隣国エルフェゴートの大商人キール＝フリージスの元へ向かう馬車に揺られていた。途中休憩を取るため立ち寄った首都アケイドの広場で、アレンは緑の髪の美しい少女ミカエラと出会う。キールの使用人である彼女に案内され、邸宅に向かう途中の短い会話の中で、アレンは彼女に好意を持つようになる。

レオンハルトの葬儀のとき、ジェルメイヌは自らが悪になることを決意する

翌日、マーロン国へ向かっていた宰相ミニスの口から、驚くべき報告が上がった。マーロン国王カイルより、リリアンヌとの婚約を破棄してほしいとの申し出があったのだ。カイルはエルフェゴートに想い人ができたのだという。リリアンヌはこれに激怒し、すぐにカイルの想い人を探し出すよう命令した。

一方、レオンハルトの養子であり、アレンの義理の姉にあたるジェルメイヌは、父の仇を討つために動き出していた。レオンハルトを殺した犯人はリリアンヌ――悪ノ娘――に違いないと判断した彼女は、ひそかに王宮に対するレジスタンスを組織し始めたのだ。

第二章二節　歯車ノ導ク先

カイルの想い人探しは難航し、ついにリリアンヌはエルフェゴートにいる女性――緑の髪の女性をすべて殺せと言い出した。

戦争が始まって数日後、アレンは森の中にある古井戸を訪ねていた。そこにはキールの

酒
高級な珍品であるワイン『ブラッド・グレイヴ』。おとぎ話の吸血娘、ヴァニカ＝コンチータが愛飲したといわれている。実際は、そのモデルとなったコンチータ領主が地元民とともに作り出したワインの銘柄である。

エルフェゴート
ボルガニオ大陸エヴィリオス地方の中央から北部にかけて位置する、森に囲まれた国。

アケイド
エルフェゴート国の首都。東西南北、そして中央の五つの地区に分けられている。キールの邸宅は商人の多く住まう北地区にある。

ミニス
フルネームはミニス＝ステューブといい、親の七光りでルシフェニア王国の宰相となった。常に顔色が悪い。美少年好きという噂があったり

使用人であり、カイルの想い人であるミカエラが逃げ込んだ隠れ家があったのだ。とある事情からカイルの想い人がミカエラであると気づいたアレンは、捕えられたキールから彼女の居場所を聞き出していた。

　ミカエラの無事を確認し、王宮へと戻ったアレンを待っていたのは、久しぶりに機嫌のよさそうなリリアンヌだった。ミカエラのことがリリアンヌにばれてしまったのである。王女はいつかの日と同じように、アレンにミカエラの暗殺を頼むのだった。

　その日の晩、ジェルメイヌを中心とするレジスタンスのアジトに、一人の仮面の男が訪ねていた。

第三章一節　盟友ノ集結

　ある夜、晩餐会の最中に宰相ミニスが刺されるという事件が起きた。幸い命に別状はなかったものの、エルフェゴート侵攻に人員を割きすぎたために、王宮の警備が薄くなっていることが露見したのであった。そこで王女は、凄腕の傭兵ガスト＝ヴェノム率いる傭兵団を迎い入れ、王宮内や街の警備をさせる。これによりかえって街の治安は悪化し、傭兵による軽犯罪や弊害が起き始めた。

　釈放されたキール＝フリージスからの資金援助を取り付けたジェルメイヌの目の前でも、傭兵と市民の諍いが起きていた。しかし今問題を起こしては、これまでの計画が水の泡となる。ジェルメイヌたちは怒りを押し殺し、機会を待った。

　軍資金、人員、防具、武器――必要なものがすべて揃ったものの、ジェルメイヌの胸には一つの懸念があった。それは王宮に仕える義弟アレンのことだ。王女付の召使であるアレンが戦闘に巻き込まれないか不安に思いながらも、アレンを信じ、ジェルメイヌは剣を高く掲げた。

　そして、革命が始まった。

逃げようとするガストに、アレンは全財産を渡し、王女を守るよう依頼した

なかったり。

マーロン国
エヴィリオス地方西部に広がる、ハーク海に浮かぶ島国。若きカイル王が総べる国だが、実際は皇太后プリムが実権を握っているようだ。

悪ノ娘
ルシフェニア王国の王女であるリリアンヌは、その悪政から民衆に『悪ノ娘』と呼ばれ忌み嫌われている。

レジスタンス
『悪ノ娘』を討つために結成された民衆による組織。ジェルメイヌ、ヨーク、ミナージュ、セッカ、マークの五人が中心となっている。

傭兵による軽犯罪や弊害
傭兵は王宮の権威を利用し、略奪や強姦、無銭飲食や殺人までやりたい放題に振る舞った。

第三章二節　望ミノ終着点

　民衆の暴動によって、ルシフェニア王宮内は混乱の渦へと放り込まれる。はじめはすぐに鎮圧できるであろうと楽観視していたものの、長期に及ぶエルフェゴートへの出兵により分断された国軍は、瞬く間に革命軍の手に落ちていく。ついに革命軍が王宮の前まで迫ったとき、リリアンヌは一人部屋にこもってブリオッシュを食べていた。アレンが近づくと、その手が震えているのが見える。母のように強い女になりたかったのだと涙するリリアンヌに、アレンは一つの願いを口にした。

　そして立ちふさがるマリアムやガストを倒し、ついに革命軍は悪ノ娘を捕えたのだった。

斬首台に乗せられたアレンが最後に見たのは、幼いころの姉の姿だった

第四章　本当ノ悪？

　王宮が堕ち、周囲に落ち着きが見え始めた頃。王宮内音の間にはマーロン王カイル、エルフェゴート王ソーニ、商業連合総帥キール、そして革命軍の代表者が集っていた。ルシフェニアの今後について話す面々。そして、会議の最後に捕えられた〝悪ノ娘〟の処刑日程が決められた。

　リリアンヌと面会するため、ジェルメイヌは地下牢へと足を運ぶ。しかしそこにいたのは、革命後行方不明になっていた義弟アレンだった。アレンからすべてを聞かされたジェルメイヌは、真実を受け入れられず絶叫する。

　そして三日後の午後三時。リリアンヌの十五回目の誕生日に、〝悪ノ娘〟は民衆の前でギロチンにかけられた。

終章　終焉ノ先

　革命後、祖国マーロンに帰ってきていたキールは、久しぶりに穏やかな朝を迎えていた。紅茶をすすりながら、友人や先の騒動で知り合った人々から届けられた手紙を一つ一つ開いていくキール。ルシフェニアに留まっ

ブリオッシュ
フランスの菓子パンの一種。柔らかな口当たりと、バター風味のまろやかな味わいが特徴。リリアンヌの好物。

ソーニ
エルフェゴート国の王。フルネームはソーニ＝エルフィンという。平和主義者で、平等な立場で物事を見ることができる。

午後三時
午後三時はリリアンヌの大好きなおやつの時間。彼女が生まれた時間も午後三時である。

『魔女狩り令』

カイルがルシフェニア・マーロン両国に布告した不穏分子の排除命令。しかし、その真意は別のところにあるようだ。

ているカイルからは、その後の状況と新たに公布された『魔女狩り令』について。魔道師エルルカからは東方の国に向かうというもの。元使用人であるクラリスや、革命の英雄ジェルメイヌからも近況を伝える手紙が届いていた。キールは読み終わった手紙の中のいくつかを暖炉に放り込む。手紙という、目に見えて残る情報の危険性を誰よりも熟知していたからだ。

手紙から読み取ったいくつかの〝情報〟から、キールはこの一連の事件の〝終焉〟を疑問視するのだった。

ルシフェニアの港町にある修道院で働いていたクラリスは、ある日道端で行き倒れている人物を見つける。ボロボロの男物の服を着ていたその少女は、ガラスの小瓶を握りしめ「ひとりぼっちはいやだ」とつぶやいた。

アレンの想い

ただ一人の姉のために、養父を殺し、そして身代わりとなって死んでいったアレン。なぜ彼はそこまでリリアンヌを守ろうと思ったのだろうか。

召使になった当初は、むしろリリアンヌの傲慢さに辟易しているような描写がみられる。リリアンヌの子供っぽい行動に呆れたり、たくさんの大人に囲まれ、なんでも言うことを聞いてもらえることに少なからず嫉妬もしている。

ネイからもたらされたリリアンヌ暗殺計画をきっかけに、「不必要であれば殺せばいい」という大人の考え、そして自らの過去を思い出したのだろうか。そもそも彼は幼少期の出来事から、〝大人〟に対して根強い不信感がある。リリアンヌへの傾倒は、〝大人〟への警戒心の反動なのかもしれない。よくよく見てみれば、彼が心を許しているのは基本的に同年代の若者ばかりである。

さらに、このときにはまだ明かされていなかった、幼少時にリリアンヌに対してアレンが背負った〝負い目〟。ここにも解明の糸口があるのかもしれない。

大人に対しての不信感

アレンの〝王子〟としての人生は、大人たちの権力争いによって幕を閉じた。幼いころに命を狙われたという経験は、彼の心に大きな傷を残したに違いない。さらに、彼は三英雄がリリアンヌに関わる諸々の事情を隠していることに感づいていた節がある。身近な大人を信用できなかった彼は、こうして心を閉ざしていったのだろう。

ストーリーダイジェスト２

第二弾は第一弾と時を同じくした〝緑ノ国〟エルフェゴート国での出来事。〝緑の娘〟の正体とは？

緑のヴィーゲンリート

表紙イラスト：鈴ノ助

第一章　魔道師ノ視夕夢

仕えるべき主君であり、また良き友人でもあったアンネ女王が亡くなったのをきっかけに、エルルカは国を出ることを決意する。同じ三英雄であるマリアムにそのことを打ち明けるが、慰留《いりゅう》されてしまう。そこでエルルカは、弟子をとり後継者を残すことを提案した。

さっそくエルルカはエルフェゴートにある〝千年樹の森〟へ赴き、〝千年樹〟として現世に顕現《けんげん》する大地神エルドに弟子について相談した。エルドの眷属《けんぞく》である精霊を人間に転生させ、弟子にしようとしたのだ。しぶるエルドにエルルカは、ルシフェニアが崩壊する予知夢を見たこと、そしてそれには〝大罪の器〟が関わっていることをほのめかす。大罪の器集めは、エルドがエルルカに依頼した悲願だったのだ。

第二章一節　ヒトトイウモノ

エルドの眷属の一人ミカエラは、ある日言

千年樹の森
エルフェゴート国南西部に広がる神秘的な森。かつては『エルドの森』と呼ばれていたが、レヴィア派唯一神論者だったかつての国王が改名した。

千年樹
『千年樹の森』に生えている巨大な樹木。その大木には大地神エルドが宿っており、心の清らかな人間の願いを叶えてくれるといわれている。

大罪の器
五百年前にエルドの森で生まれ、世界中にばらまかれた七つの器。それぞれの器には『大罪の悪魔』が宿っている。

いつけを破り、コマドリに扮してトラウベンの実を採りに森の外へ出かけた。しかしその帰り道、突然現れた黒ローラム鳥に襲われて怪我を負ってしまう。

目が覚めると、そこは人間の家だった。怪我をして気を失っているところを、白い髪の少女クラリスに拾われたのだ。ミカエラは傷が癒えるまで、クラリスとその母親の家に世話になることになった。クラリスは単一民族国家エルフェゴートでは珍しい、異民族ネツマ族の末裔だった。村民から虐げられていた彼女にとって、ミカエラは唯一の話し相手だったようだ。

ミカエラが森に帰ってきた翌日、エルドのもとにクラリスがやってくる。「友達が欲しい」と祈るクラリスに対し、精霊として何もしてやれない自分にもどかしさを感じるミカエラ。そんなミカエラに転機が訪れる。エルルカの大罪の器探しのサポートとして、グーミリアとともに人間に転生することになったのだ。一カ月の特訓の末、エルルカの弟子としてともにルシフェニアへ向かうグーミリアと分かれ、大罪の器を探すべく、ミカエラは一人の人間としてエルフェゴートへ向けて出発した。

ミカエラはコマドリ、グーミリアはシマリスに変化することができる

第二章二節　樹《いつき》ノ乙女ト白ノ娘

エルフェゴートに向かう途中、ミカエラは体調を崩し森で気を失ってしまう。目が覚めると、そこには見慣れた天井と、クラリスの心配そうな顔があった。ミカエラはまたも彼女に助けられたのだ。大罪の器探し、そして恩返しをするためクラリスの家で世話になることになったミカエラは、ある日、クラリスが村民にいじめられている現場を目撃する。震えるクラリスの肩を抱きしめたミカエラの胸に、彼女を守りたいという気持ちが芽生え始めた。

皆が寝静まった深夜、ミカエラは村のはず

トラウベンの実
芳醇な甘みと、かすかな酸味が特徴の果実。青紫色の果実は房状に実り、ワインなどに加工される。エルドの森では実らない。

黒ローラム鳥
好戦的な性格で、六本の鋭利な太い爪で相手を襲う。主にルシフェニアやアスモディンに生息するが、ときどき群れからはぐれたものがエルフェゴートに迷い込んでくることがある。

ネツマ族
白い髪と赤い瞳を持つ民族。エルフェゴート国の先住民であったが、単一民族主義のエルフェ人が迫害を加え、滅んだといわれていた。

れで探知魔法をのせた歌を歌っていた。大罪の器の反応はアケイドの街中にある、大きな屋敷から返ってきていた。大罪の器のありかがわかり、以後どのように動こうかと思案していると、そこにクラリスがやってくる。家へと帰った二人を待っていたのは、血を吐いて倒れているクラリスの母の姿だった。

　クラリスの母の葬儀が済むと、ミカエラはクラリスにともに街へ出ることを提案する。その言葉に、クラリスは自暴自棄に自らの思いをつぶやく。自嘲的な笑いを浮かべるクラリスを、ミカエラは強く抱きしめた。互いの思いを確認しあい、新たな生活に胸躍らせる二人。そんな二人のもとに、村長の息子であるエインが訪ねてくる。彼が伝えた事実に驚きながらも、二人はエインに導かれアケイドへと逃げ急いだ。

第三章一節　歌姫ノ円舞曲《ワルツ》

　村から逃げ延び、二人はエインの産婆が経営する宿屋に世話になることになった。働き口を探していた二人は、フリージス邸で雇ってもらえないか交渉する。そこには大罪の器の反応があったうえ、マーロン国からの移民であるキールは人種差別をしないだろうと考えたからだ。結果、ミカエラは洗濯係に、クラリスはフリージス夫妻の愛娘ユキナの世話係として働くことになった。

　二人は夕食後に庭園で落ちあい、互いの仕事について話すのが日課となっていた。ある日クラリスは、村で歌っていた歌を聴かせてほしいと願い出る。それに応えて夜の庭園で歌い始めるミカエラ。歌い終えると、背後に屋敷の主キールがいることに気づく。謝罪するミカエラに対し、キールはその歌をさらに磨いてもらおう、と微笑んだ。半月後、彼の主催する晩餐会で、彼女の歌を余興として披露しようとしたのだ。

ヤツキ村

　エルフェゴート南部に位置するこの村は、トラゲイに住むフェリクス伯爵が土地を所有している。直線距離としては首都アケイドにもっとも近い村ではあるが、南部に森、東部には切り立った崖があるため、アケイドへ行くには北部へ大きく迂回しなければならない。戯れの湖のほとりに位置し、千年樹も近いことから、エルドや精霊に関するおとぎ話が伝えられている。

探知魔法

エルルカの特訓でミカエラが習得した魔術。本人にしか聞こえない音の反響から、大罪の器の位置を特定することができる。このときに歌ったのは『ぜんまい仕掛けの子守唄』。

クラリスの大抜擢

一カ月の見習い期間の末、クラリスに与えられた仕事は屋敷の主人の娘の世話役だった。この任命の理由は、クラリスが文字を読めたこと、そして白い髪に赤い瞳という容姿をユキナに気に入られたためだった。

トラゲイ

首都アケイドの北部に位置する町。ルシフェニア革命の際、ルシフェニア国軍の駐屯地となっていた。

キールの思惑通り、晩餐会でのミカエラの評価は非常に高かった。さまざまな来客から賛辞をあびるミカエラは、一人の青年と出会う。それはお忍びで遊びに来ていた、隣国マーロンの若き王カイルだった。ミカエラが歌姫として名を馳せるようになって何回目かの晩餐会の夜、カイルはミカエラに、愛情の、そして友愛の証《あかし》として貝殻のペンダントを手渡すのだった。

第三章二節　想イノ交錯

カイルがルシフェニアの王女リリアンヌと婚約していると知ったミカエラは、彼からの告白を拒絶する。カイルが屋敷から去ると、ずっと感じていた大罪の器の反応が移動していることに気づく。気配の先にあったのは大罪の器『ヴェノム・ソード』だった。さっそくミカエラは、大罪の器について詳細がわかったら歌うようにいわれていた歌をエルルカに向けて紡いだ。

彼女の拒絶を受け入れながらも、カイルはこらえきれずミカエラを抱きしめる

ある日買い出しに出ていたミカエラは、街で金髪の少年に声をかけられる。彼の名はアレン。ルシフェニア王宮の召使で、グーミリアから届け物を預かってきたのだという。その日の深夜、ミカエラはグーミリアから届いた『とてもすごいネギ』という通信機を使い、エルルカと接触を図る。今まで起きたことを報告すると、エルルカからはしばらくはそのまま監視するようにとの指示が返ってきた。平和な日々が続くことを想うミカエラ。しかし、翌日事態は急変する。カイルがリリアンヌとの婚姻を破棄し、想い人がエルフェ人であることを暴露したのだ。そして、激怒した王女はエルフェゴートへの侵攻を始めた。

翌日には、すでにアケイドはルシフェニア兵に包囲されていた。クラリスとともにキールに教わった隠れ家へ向けて走るミカエラだったが、途中でルシフェニア軍に見つかり絶体絶命の危機に陥る。駆けつけたエインの

戯れの湖
エルフェゴート南西に位置する大きな湖。満月の夜に、大地神エルドに仕える精霊が遊びに来ていたという伝承からこの名がつけられた。東岸にはヤツキ村、西岸にはトラウベン畑が広がっている。

エルフェ人
緑の髪を持つ、エルフェゴート国に暮らす民族。異民族の存在を嫌う排他的な者が多い。

井戸の底の隠れ家
キールが教えてくれた隠れ家は、千年樹の森にある小さな枯れ井戸の底にあった。鉄の扉の先には小さな部屋があり、保存食や救急箱などが備蓄してある。

機転で森へと逃げ込んだ三人だったが、すぐに周囲を囲まれてしまう。そしてクラリスは自らが囮《おとり》になると言い出し、ミカエラはそれを拒絶するのだが……。

気を失ったミカエラが目を覚ますと、そこは井戸の底の隠れ家だった。

第四章一節　喪失ノ先

森で捕えられたクラリスは、ルシフェニア軍の駐屯地《ちゅうとんち》に護送されていた。そんな彼女のもとに、ルシフェニア王宮の御用商人コーパが現れる。クラリスの身柄を引き取りに来たというコーパが告げたのは、ルシフェニア軍が血眼《ちまなこ》になって探していた〝緑の娘〟ミカエラの死亡だった。

コーパの屋敷へと向かったクラリスは、王宮から釈放されたフリージス一家と久々の再会を果たす。失意のまま過ごしていたクラリスに、キールは祖国マーロンでまた使用人として働かないかと提案する。しかしクラリスは、「ミカエラを思い出す」という理由で辞退してしまう。キールの激励を受け目を覚ましたクラリスは、キールの勧めに従い、海辺の修道院で働くことを決めた。

エルド派の修道院で忙しく働きながらも、もう一度ミカエラに会いたいと願うクラリス。ある日修道院に、エルルカとグーミリアが訪ねてくる。二人はミカエラの正体やこれまでのことを話し、手にしていた苗木がミカエラであると告げた。信じられないクラリスをよそに、グーミリアが呪文を唱えると、苗木から透き通った人影が浮かぶ。それはあの夜別れたときのままの、ミカエラの姿だった。

第四章二節　海辺ノ小瓶

教会で働き始めてしばらく経った頃、クラリスはリンと名乗る少女を助ける。修道院に身を置くことになった彼女に、最初は皆優しくしていたものの、だんだんその傍若無人な振る舞いに態度が厳しくなっていく。それでもクラリスは、リンが心を開くまで熱心に付き合った。徐々にリンの性格は軟化していき、いつしか妹のような存在になっていた。

リンが少女から女性と呼べるような歳になった頃の、ある日の晩。クラリスは自室で、懺悔《ざんげ》室に忘れ物をしたことに気づく。燭台《しょくだい》の明かりを頼りに懺悔室まで赴《おもむ》くと、誰かが懺悔をしているところに出くわした。漏れ聞こ

コーパ
ルシフェニア王宮に出入りする御用商人。キールと親交があり、王宮から釈放されたキールを自身の屋敷に匿う。

エルド派
かつて存在した国家・魔道王国レヴィアンタから、エルドゴート（現在のエルフェゴート）が独立した際に生まれた宗派。地竜エルドを信仰し、偶像崇拝を禁止している。

グーミリアの呪文
ミカエラの姿を現すためにグーミリアが唱えた呪文。逆から読んでみると……？

リン
海岸の近くで倒れていた少女。ボロボロのフードを纏い、男物の服を着ていた。

言い伝え
願いが叶うおまじないとして伝わっているが、修道院長曰く、実は別の意味を持っているらしい。

えた話の内容、そして話し声から、クラリスはある結論に至る。リンはミカエラの仇、ルシフェニアの王女〝悪ノ娘〟だったのだ。

懺悔室を後にしたリンを追い、クラリスは夜の浜辺にやってきた。どうやらリンは、懐に入れていた小瓶を海に流そうとしているらしい。耳元で〝ミカエラ〟の声が、「仇を取って」とささやく。クラリスは部屋から持ち出したナイフを、リン――リリアンヌめがけて振り上げた。

終章　悪魔ノ行方？

主導者を失くしたルシフェニアで、マーロン国王のカイルは実質的な支配者となっていた。反旗を翻《ひるがえ》した元レジスタンスを鎮圧する傍ら、ミカエラの仇であるジェルメイヌを探し出すべく『魔女狩り令』をマーロン、ルシフェニア両国に布告する。ミカエラの仇についての情報源は、リリアンヌの元使用人である金髪の女性だった。

エルドのもとへ訪れたのはクラリスとリン。長かったリンの髪は短くなっていた

一方、エルルカとグーミリアはアスモディンの宿屋にいた。これから遥か東方にある島国へ旅立とうとしていたのだ。しかし突然響いたエルルカの叫び声で、その計画は中止となる。キール＝フリージスから得た『ヴェノム・ソード』、そして以前悪魔を封じたはずの『鏡』から、悪魔が消え去っていたのだ。消えた悪魔を追うべく、二人は進路を西へと戻した。

エルフェゴートの千年樹の森に、千年樹として顕現するエルド。そのもとに二人の客が訪れていた。一人は以前も見たことがある、長い白髪の女性。もう一人は初めて見る、短い金髪の女性だった。彼女たちは眷属である苗を、エルドのすぐそばへと植え替えていく。そのうち、金髪の女性は「ごめんなさい」とつぶやくと涙を流し始めた。謝り続ける彼女につられ、隣にいる女性も泣き始める。二人はそうして、日が暮れるまで泣き続けていた。

革命後のルシフェニア
王女が処刑され、多くの要人が死亡もしくは亡命してしまったルシフェニアは、しばらくマーロン国の配下に入ることとなった。

元使用人の金髪の女性
カイルは気づいていないようだが、彼女は彼の実の妹、ネイ＝マーロンである。

アスモディン
ボルガニオ大陸エヴィリオス地方の東部に位置する、東方との交易が盛んな国。

鏡
大罪の器の一つ。幼い頃のリリアンヌに憑《と》りついた【傲《ごう》慢《まん》】の悪魔を封じ、それ以降エルルカによって護符でぐるぐる巻きにされていた。

キャラクター相関図

『黄のクロアテュール』『緑のヴィーゲンリード』の登場人物を相関図でおさらい！　第三弾に備えよう。

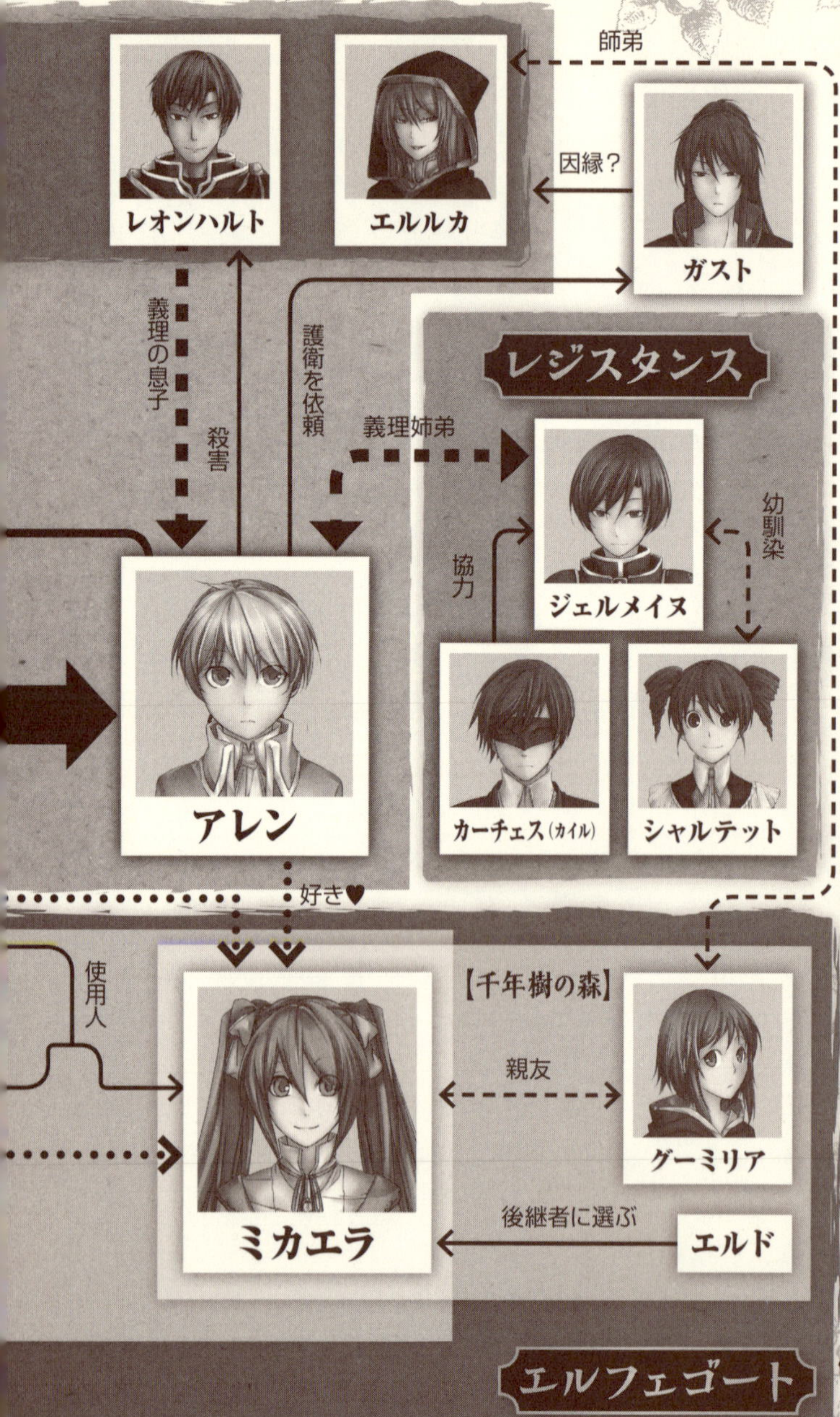

ルシフェニア
ネイ
三英雄
義理親子
マリアム
マーロン
親子
【先代王（故人）】
アルスⅠ世
アンネ
親子
【マーロン王室】
プリム
ミニス
親子
反発
補佐
カイル
好き♥
主従（双子）
婚約を破棄
リリアンヌ
求婚♥
キール
フリージス夫人
親子
好き♥
世話係
ユキナ
クラリス
好き♥
【フリージス邸】
義理親子
クラリスの母
エイン

その他の登場人物紹介

「キャラクター紹介」で紹介しきれなかったキャラクターたちをまとめてふり返ろう。

◆エルド
巨大な樹木に宿る大地神。とある双子がばらまいた「七つの大罪」の回収を、友人であるエルルカに依頼した。一度眠りにつくと何をやっても起きず、下手をすれば一ヵ月以上目を覚まさない。

◆カーチェス
レジスタンスに協力した仮面の男。その正体は、マーロン国王のカイル＝マーロン。この名前は、カイルが画家を目指していたときに使っていたペンネームであった。革命時は仮面兵団を率いてレタサン要塞とバーブル砂漠地帯の辺境兵に夜襲をかけ、壊滅させた。

◆ヤレラ&ザスコ
ヴェノム傭兵団の一員。酒場のマスターに暴力を振るったり、無銭飲食を繰り返していたが、ジェルメイヌ率いるレジスタンスにより成敗される。ガストがキール邸に行った際に引き連れていた。

◆プリム＝マーロン
マーロン国の皇太后。カイルとネイの母親で、ルシフェニアの革命を裏で操っていた。

◆ジョルジュ＝オースディン&ダニエル＝オースディン
ジョルジュは緑狩りの際、トラゲイを支配していたルシフェニア第一軍の将軍。そのジョルジュ将軍の三男がダニエルで、軍には今年入隊したばかりの新兵である。『悪徳のジャッジメント』に出てくる「民衆殺しのオースディン将軍」はこの家系の者。

◆ミキナ＝フリージス
豪商キール＝フリージスの妻。童顔で赤い髪が特徴。気品に溢れ、人を見る目に長けた良妻賢母である。

◆ゲルダ&ブルーノ
キール邸の上級使用人。ゲルダはメイド長、ブルーノは執事を務めている。

◆フェリクス伯爵
トラゲイの領主であり、ヤツキ村の土地の所有者。『緑狩り』の際、ルシフェニア軍によって捕らえられていた。他作の『眠らせ姫からの贈り物』に出てくる「フェリクス」と何か関係が……？

◆コーパ
ルシフェニア王宮の御用商人。彼はキールに恩を売るため、ルシフェニア軍に捕らえられていたクラリスを王宮に賄賂を払うことで救出した。

◆ドニ
クラリスのいる孤児院の年長者。幼いながら、場の雰囲気を読むことができるしっかり者。

レジスタンスの一員

◆セッカ
小柄な身体の女性。レジスタンスメンバーであるヨークの娘。革命後の会議は、怪我の治療のため欠席している。

◆マーク
牧師の息子で、優しい性格。ガストの凶刃からカーチェスを庇い犠牲になった。

◆ミナージュ
エルフェゴートから移住してきた男性。エルフェゴートにいた軍を足止めしていた。

◆ヨーク
元王宮兵士の一人で、セッカの父親。少し気が短く、喧嘩っ早い性格。ジェルメイヌのことをとても信頼している。

ヤツキ村の人々

◆チェルシー
ヤツキ村でクラリスの家の隣に住んでいた、髪の短い少女。クラリスをいじめていた。

◆アルマ&バーバラ
チェルシーの腰巾着である二人組。ミカエラからは「チェルシーの子分（仮）」と呼ばれていた。

◆ハンナ&カルラ
ヤツキ村の住人。ハンナは大食漢で、カルラは機織が得意。

◆オイゲン
ヤツキ村の村長の甥。かつては軍で働いていたが揉めごとを起こし、現在は村長の補佐をしている。『少年と少女の冒険』にも登場している。

◆エイン
ヤツキ村の村長の息子。さわやかな笑顔が似合う好青年で、女性からの人気も高い。彼は「守りたい人がいる」とオイゲンに剣の稽古をつけてもらっていた。ヤツキ村を出てからは軍に入隊し、クラリスの窮地を救った。

エヴィリオス史書

エヴィリオス地方地図

物語の舞台〝エヴィリオス地方〟はボルガニオ大陸の西部に位置し、様々な人種が入り混じる地域である。

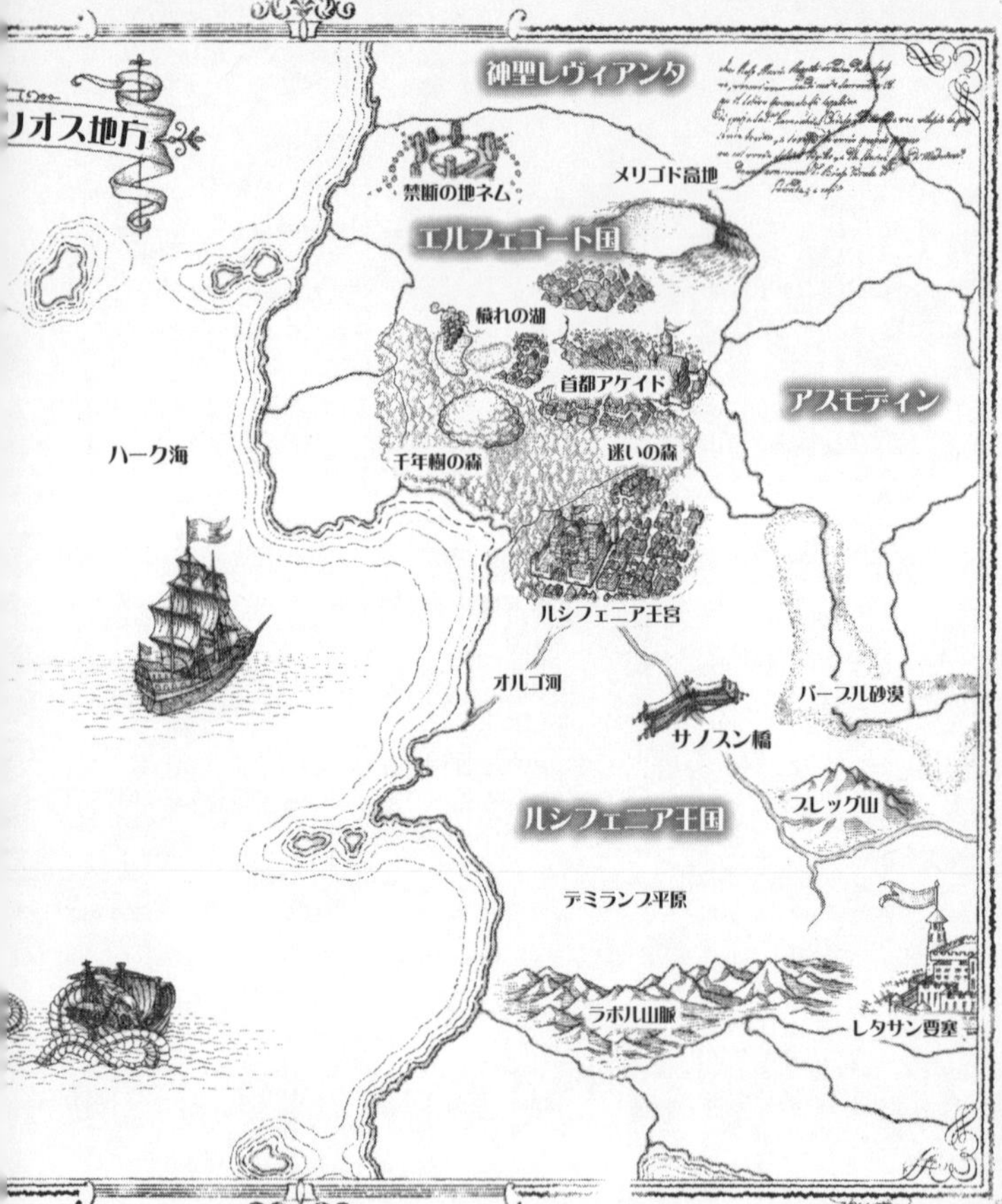

リオス地方
神聖レヴィアンタ
禁断の地ネム
メリゴド高地
エルフェゴート国
穢れの湖
首都アケイド
アスモディン
ハーク海
千年樹の森
迷いの森
ルシフェニア王宮
オルゴ河
パープル砂漠
サノスン橋
ブレッグ山
ルシフェニア王国
デミランプ平原
ラボル山脈
レタサン要塞

⚜ルシフェニア王国

近年急速に勢力を伸ばしている新興国。エヴィリオス地方の南部に位置し、〝黄ノ国〟という別称がある。

⚜エルフェゴート国

国土の四分の一が森で覆われており、肥沃な大地を持つ。エヴィリオス地方北部に位置し、国家としてはもっとも長い歴史を持つ。広大な森と、国民のほとんどが緑の髪をしていることから、〝緑ノ国〟とも呼ばれる。

⚜マーロン国

ボルガニオ大陸西部、ハーク海に浮かぶ島国。海の幸に恵まれた海洋国家で、〝青ノ国〟とも呼ばれる。

⚜アスモディン

東方との交易が盛んな国。かつてはルシフェニアと覇権を争ったことも。

▶全域を見ると、ルシフェニアの広大さがうかがえる。アスモディンとは砂漠、エルフェゴートとは森で国境を分断されている。

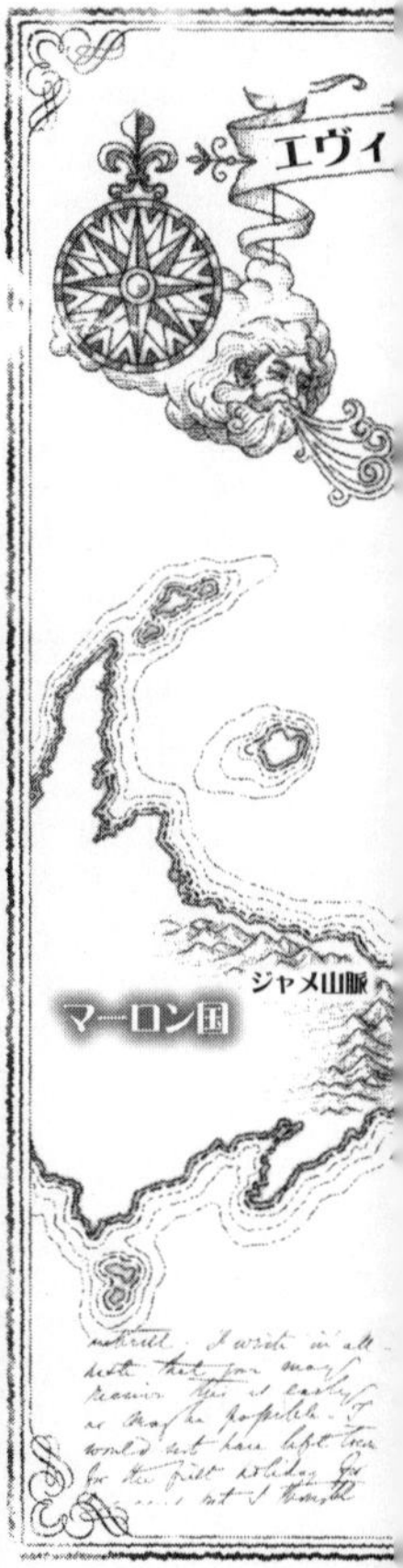

▼エルフェゴートの詳細地図。首都アケイドが、森と崖によって守られた都市であることがわかる。

神聖レヴィアンタ

レヴィン教の影響力が強い宗教大国。

エヴィリオス年代記

『悪ノ娘』をはじめとする『大罪シリーズ』の出来事を、関連楽曲とともに紹介しよう。

年代	できごと
〇〇一	**イヴ＝ムーンリットによる誘拐・殺人事件** エルフェゴート国エルドの森にて、ムーンリット夫人が当時一歳だった双子の子供を誘拐、その母親を殺害した。これにより世に【原罪《げんざい》】が発生した。 『moonlit bear』【原罪】↓74P
〇一三	**レヴィアンタの災厄** レヴィアンタ魔道王国内、王立研究所にて実験中に事故が発生。大規模な爆発は周辺国にまで影響を及ぼし、これによりレヴィアンタ魔道王国は事実上崩壊した。
〇一四	レヴィアンタの災厄の影響を受け、エルフェゴート国の飢饉・疫病が深刻化。 **木こり夫婦殺人事件** エルフェゴート国エルドの森にて、イヴ＝ムーンリットとその夫が殺害される。犯人は二人の双子の養い子であった。 『置き去り月夜抄』↓75P

原罪者

エヴィリオス年代記初の罪を犯し、『大罪』を生み出す原因を作ったイヴは、『最悪の罪人』や『原罪者』と呼ばれている。精霊ミカエラは、この事件の一部始終を目撃していた。

災厄の真相

国一つを滅ぼすこととなったこの災厄。エルドによると、この事件にはエルルカが深くかかわっているようだ。

〇一五	**「七つの大罪」の発生** 〝双子〟によって、イヴ＝ムーンリットの身体から「七つの大罪」が生み出され、世界中へばらまかれる。これを受けて、エルドの森の守り神・地竜エルドからエルルカ＝クロックワーカーへ、「七つの大罪」の宿る「大罪の器」捜索の依頼が出される。 『クロノ・ストーリー』【原罪→七つの大罪】→76P
一三六	**ヴェノマニア事件** ベルゼニア帝国アスモディン地方にて、サテリアジス＝ヴェノマニア公爵が多数の女性を誘拐・監禁していたことが判明。国内、国外を問わず、被害は王族の女性にまで及んだため、国際問題に発展しかける。
一三七	サテリアジス＝ヴェノマニア、マーロン国の貴族・カーチェスにより殺害される。 『ヴェノマニア公の狂気』【色欲《しきよく》】→77P エルルカ＝クロックワーカーは転身の術を使い、自らの肉体を事件の被害者であるルカーナ＝オクトのものと交換する。
二一二	**アスモディン独立** ベルゼニア帝国アスモディン地方が独立。
三〇一	**神聖レヴィアンタ（旧レヴィアンタ魔道王国）建国**

原罪から大罪へ

双子は、『偽りの母』から生まれた『穢れ（始まりの罪＝原罪）』を清めるために、『大罪』を生んだ。

【原罪】を【七つの大罪】に分けて世に放った双子の目的とは？

グミナのその後

ヴェノマニア事件の被害者であるグミナ＝グラスレッドは、この後エルフェゴートへと亡命している。エルド派信者であった彼女は、よくエルドの樹まで巡礼していた。

三二五

人食い娘・コンチータ行方不明事件

ベルゼニア帝国コンチータ領にて、女領主バニカ=コンチータが人食いをしているとの噂が立つ。バニカが悪魔と契約しているという話もあり、帝国は魔道師エルルカ=クロックワーカーに調査を依頼。しかし直後にバニカは行方不明となったため、調査は中断。事態の発覚を恐れ、国外へ逃亡したのだろう。

『悪食娘コンチータ』【悪食《あくじき》】↓78P

三九九

ルシフェニア建国

ベルゼニア帝国ルシフェニア領にて独立運動が活発化。領主はルシフェニアⅠ世と名乗り、ルシフェニア王国を建国する。

四八〇頃

サノスン橋の誓い

エルルカ=クロックワーカー、ルシフェニア王アルスⅠ世の配下となる。

ルシフェニア王国、領土を拡大

ルシフェニア王国は次々と周辺国へ宣戦布告をだし、領土を拡大していった。これをきっかけに、ベルゼニア帝国は急速に勢いを失っていく。

四九〇頃

ベルゼニア帝国、エヴィリオス南方の領土を失う。

ルシフェニアの侵略戦争で名を挙げたアルスⅠ世の三人の部下が「三英雄」と呼ばれるようになる。

バニカ=コンチータ

『人食い』として名高いバニカだが、ベルゼニア帝国の食文化の発展に大きく貢献したという一面もある。

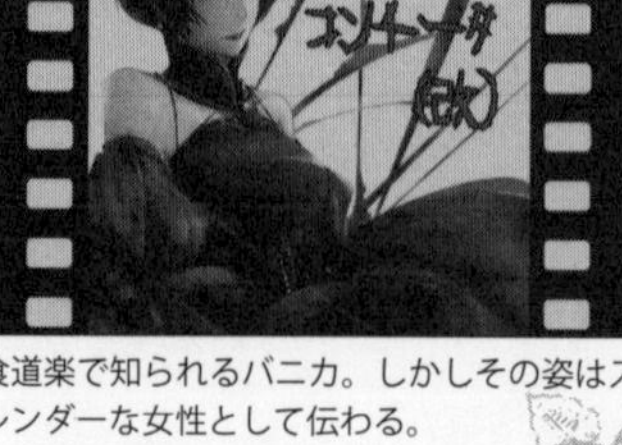

食道楽で知られるバニカ。しかしその姿はスレンダーな女性として伝わる。

四九一	ルシフェニア国王アルスI世がベルゼニアの風土病・グーラ病によって死去。 **アルスI世の息子アレクシルと、その双子の姉であるリリアンヌによる後継者争いが起こる** アレクシルの後見人であるジェネシアと、リリアンヌの後見人であるプレジを中心とした派閥争いの末、アレクシル王子が死亡し、王妃であるアンネが王の座を継ぐことになる。 『トワイライトプランク』↓79P
四九九	ルシフェニア国王アンネがグーラ病によって死去。王女リリアンヌが統治者となる。 エルルカ＝クロックワーカー、地竜エルド（現・千年樹）の眷属である精霊グーミリアを人間に転生させ、弟子とする。
五〇〇	**ルシフェニア王国、エルフェゴート国へ侵攻** 「緑狩り令」の発令により、エルフェゴート人女性の虐殺が行われる。 **ルシフェニア革命** 三英雄レオンハルト＝アヴァドニアの娘、ジェルメイヌ＝アヴァドニアを中心とした市民による革命が勃発《ぼっぱつ》。王女リリアンヌは捕えられ、革命軍により処刑される。 『悪ノ娘』【傲慢《ごうまん》】『悪ノ召使』↓80P 『白ノ娘』↓82P

政治紛争
後継者争いは、アンネ女王の誕生によって幕を閉じた。この時代からミニスが宰相を務めていた。

グーラ病
ルシフェニアを発展させた二人の王の死因となったグーラ病。もとは南ベルゼニアの風土病であったが、ルシフェニアのベルゼニア侵攻によってルシフェニア、エルフェゴートにまで蔓延《まんえん》した。

	エルルカ＝クロックワーカー、マーロンの商人キール＝フリージスより大罪の器『ヴェノム・ソード』を得る。
五〇五	ルシフェニア王国レタサン要塞にて、国軍と革命軍による衝突が起こる。
六〇九	**トラゲイ連続殺人事件** エルフェゴート国トラゲイにて、住民が次々と死亡する怪事件が発生。フリージス財団による調査の結果、マルガリータ＝ブランケンハイムによる無差別な連続毒殺事件であったことが判明。 『眠らせ姫からの贈り物』【怠惰】↓83P
六一〇	**犯罪組織ペール・ノエルの活動が深刻化** 『五番目のピエロ』↓83P
六一一	**メリゴド高地の決闘** エルフェゴート北部メリゴド高地にて、エルルカ＝クロックワーカーとイリーナ＝クロックワーカーの決闘が行われる。
八四二	エルルカ＝クロックワーカー、東方の島国にて仕立て屋のカヨ＝スドウと接触。
八七八	**アイシケル条約締結**

ペールノエル
トラゲイ連続殺人事件の裏には、犯罪組織『ペールノエル』が関与していたと考えられている。

二度目の転身
東方の島国に訪れたエルルカは、黒髪の美女カヨと体を入れ替えた。

	マーロン、レヴィアンタ、エルフェゴート、ルシフェニア四国による連合国家ＵＳＥ（Union State of Evillious）が結成。
九八二	ＵＳＥ暗星庁の裁判官ガレリアン＝マーロンが千年樹の森に映画館（EVILS THEATER）を建設する。
九八三	**レヴィアンタ内乱** 民衆殺しの罪に問われたトニー＝オースディン将軍の裁判において、ガレリアン＝マーロンとの癒着が発覚。反発した民衆による暴動が内乱へと発展し、トニー、ガレリアン両者は惨殺される。 『悪徳のジャッジメント』【強欲《ごうよく》】『箱庭の少女』↓85Ｐ ガレリアンと懇意にしていた脚本家Ｍａが、ガレリアンの遺産を相続。大罪の器「グラス・オブ・コンチータ」「マーロン・スプーン」「ルシフェニアの四枚鏡」を手に入れる。
九九〇	千年樹の森に、ガレリアン＝マーロンの遺産が隠された映画館があるという噂が広まり、多くの者が捜索を行う。しかし森に侵入した人間は次々と行方不明になった。

ガレリアンという男

「史上最悪の裁判長」と呼ばれるガレリアン。彼には妻と一人の娘がいたが、レヴィアンタ内乱の五年前に事故で亡くしている。

若くしてUSE暗星庁の裁判長を務めるガレリアン。本当は優秀な裁判官だったのだろう。

数ある悪ノPの作品の中から大罪にまつわる楽曲を、編集部の考察とともに紹介していこう。

原罪 moonlit bear

STORY

妻のイヴ=ムーンリットは森の中で見つけた果実を拾い、家へ持ち帰ろうとする。しかし、その果実は熊の宝物だったため、イヴは熊に追われてしまう。彼女は果実を腕に抱いて必死に走り、ようやく家にたどり着いた。だが、家にいた夫は、妻が抱えている果実を見て「この子たちは本当のお母さんの元へ返してあげなさい」と悲しい顔で告げた。その果実とは「双子の赤子」だったのだ。しかし時既に遅く、家の外には亡骸《なきがら》となった熊（双子の母親）が、ミルクの入ったガラスの小瓶とともに横たわっていた。

【初音ミク】moonlit bear【オリジナル】
投稿日：2009年6月22日
動画番号：sm7415020
イラスト：鈴ノ助

解説 Explanation

動画の初めで、イヴの果実の持ち方に違和感を持った人も多いだろう。この“果実”は、のちに双子の赤ん坊であることが判明する。確かに赤ん坊の抱き方としては正しい手つきだ。

考察

◉モチーフを読み解く

これはエヴィリオス年代記に記された、人類最初の殺人事件「イヴ=ムーンリットによる誘拐・殺人事件」についての歌である。歌詞には、様々なモチーフや暗喩が用いられている。

一つ目のモチーフは、童謡『森のクマさん』。イヴが熊に追い立てられるシーンがそれに当たる。ただし、シチュエーションはずいぶん異なっており、本楽曲のイヴは最後に熊を殺してしまう。

なお、タイトルにある『bear』は、「熊」と「生まれる」という二つの意味が込められたダブル・ミーニングである。

◉創世記における「イヴ」とは？

二つ目のモチーフは、『旧約聖書』に登場する『創世記』だ。『創世記』において、イヴは「禁断の果実（リンゴ）」を盗み、世界で最初の「罪（原罪）」を犯したとされている。本楽曲におけるイヴの名前や行動は、『創世記』に準《なぞら》えたものである。PVの前半で、双子がリンゴとして描かれていたのも、「禁断の果実を盗むイヴ」を意識したためだろう。

置き去り月夜抄

STORY

飢餓により、両親に捨てられてしまった双子の子供。森に置き去りにされ、帰る方法もわからない。だが、唯一の手がかりであるガラスの小瓶を月にかかげ、夜道を照らしながら彼らは歩き出したのだった。どちらに行けば正しいのかわからぬまま歩み続ける双子だったが、ようやく誰かの家にたどり着くことができた。しかし、そこは魔女の家だったのだ。双子は家の中にいた悪い魔女を燃えるかまどに放り投げ、魔女の子分も打ち倒した。そして、まるで昔から住んでいたかのように落ち着く家の中で「本当の」両親を探しに行くことを決めるのだった。

【鏡音リン・レン】置き去り月夜抄【童話風オリジナル】
投稿日：2008年10月6日
動画番号：sm4844682
イラスト：壱加

解説 Explanation

曲の終わりに「本当の両親を探しに行く」と言った二人。彼らがさらわれたのはほんの赤子のときだったが、彼らはいつ、“魔女”が本当の母でないことを知ったのだろうか……。

考察

◉『moonlit bear』からの繋がり

本楽曲は『moonlit bear』から十数年後の物語で、イヴにさらわれた双子にスポットを当てている。構成に工夫があり、メロディや歌詞の中に『moonlit bear』との共通点を見つけられるのも興味深い。

まず、『置き去り月夜抄』のイントロには『moonlit bear』のアウトロが入っており、二曲の繋がりがわかりやすくなっている。また、『moonlit bear』のラストで語られた「ガラスの小瓶」は、『置き去り月夜抄』において重要な役目を果たす。ちなみに、この小瓶は後の『リグレットメッセージ』や『Re_birthday』にも登場し、この双子を象徴するアイテムとなっている。

◉魔女の正体について

『moonlit bear』と同様、本楽曲にもモチーフがある。それは童話『ヘンゼルとグレーテル』である。子供向けに何度も改訂されているため、双子が森にいた理由や魔女の正体などは時代によって異なるが、『置き去り月夜抄』のモチーフになったのはもっとも残酷な内容の『ヘンゼルとグレーテル』だ。楽曲への理解を深めるために、モチーフとなった童話を読んでみるのも面白いだろう。

原罪→大罪 クロノ・ストーリー

STORY

燃える家の前に双子が佇《たたず》む。灰へと変わったそれは、かつて母と呼んだ人だった。すべてを燃やし、最後に残ったものは【始まりの罪】。双子はそれを七つに分けた。【色欲】は花、【悪食】は種、【傲慢】は石、【嫉妬《しっと》】は泉、【怠惰《たいだ》】は風、【強欲】は土、そして【憤怒《ふんぬ》】は森へ。その七つの罪を世界へと解き放ち、双子は姿を消した。森の守り神エルドは「七つの大罪」の回収を、友人の魔道師に依頼する。悠久を生きる魔道師は「退屈しのぎになるならそれも構わない」と嗤《わら》った。それは、長きにわたる時の物語（クロノ・ストーリー）の始まりであった。

【巡音ルカ】クロノ・ストーリー【鏡音リン・レン】
投稿日：2011年5月9日
動画番号：sm14404057
イラスト：Rgveta

解説 Explanation

動画内で、エルルカは金髪の女性から桃色の髪の女性、そして黒髪の女性へと姿を変えている。これは、元の身体からルカーナとカヨの身体へ転身した彼女の遍歴を表している。

考察

◉「原罪」と「七つの大罪」

イヴ＝ムーンリットは人類最初の罪を犯した女性であり、「最悪の罪人」とも呼ばれている。彼女は夫との愛にすがり、望みは叶うと思い上がり、やるべきことを怠《おこた》って子供を死なせ、幸せな人間を羨み、怒りを持つようになり、失ったものを欲し、飢えていたために果実を拾った。すなわち色欲、傲慢、怠惰、嫉妬、憤怒、強欲、悪食という大罪をすべて犯していたのである。

その後、イヴは拾った双子に焼き殺され、彼女の原罪は七つに分かたれた。七つの大罪は「大罪の器」となって、様々なものへと姿を変え、世界中に放たれることとなる。これがすべての始まりである。

◉エルルカ＝クロックワーカーの使命

『クロノ・ストーリー』に登場する「魔道師」とは、エルルカ＝クロックワーカーである。彼女は「転身の術」によって肉体を替えることで、永遠に近い時間を生きることができる。千年樹エルドに依頼され、「大罪の器」を探す旅を始めたのも、彼女にとっては「退屈しのぎ」なのだ。なお、『クロノ・ストーリー』の動画に登場する金髪の姿は、エルルカ本来の姿である。

色欲　ヴェノマニア公の狂気

STORY

好意を寄せていた幼馴染に自分の容姿を馬鹿にされた男は、悪魔と取引をした。容姿を変え、自分を見たすべての女性が魅了されるという力を手に入れたのだ。彼はその力を使って次々と女性を誘拐し、かつて自分を馬鹿にしていた幼馴染も加えてハーレムを作り上げた。今日もまた彼の元へと、美しい女性がやってくる。だが、その女性を抱きしめた瞬間、彼の胸には毒の塗られたナイフが突き立てられていた。彼女の正体は、恋人を助けに来た青年だったのだ。我に返り逃げ出す女たち。事切れる直前の男が見たのは、屋敷を出ていく幼馴染の姿だった。

【神威がくぽ・他】ヴェノマニア公の狂気【中世物語風オリジナル】
投稿日：2010年7月26日
動画番号：sm11519178
イラスト：鈴ノ助

解説 Explanation

サテリアジスの幼馴染グミナは、のちに"ヴェノマニア公の愛人"として迫害を受けエルフェゴートへと亡命する。そこで初の女性宰相として、女性の立場向上の活動に励んだ。

考察

◉色欲に囚われた男

『ヴェノマニア公の狂気』は、ベルゼニア帝国アスモディン地方の公爵サテリアジス＝ヴェノマニアが引き起こした、大量女性誘拐事件についての歌である。

幼い頃のサテリアジスは、容姿の醜さを周りから揶揄《やゆ》されていた。恋心を抱いた幼馴染のグミナにも馬鹿にされ、彼はとうとう「ヴェノム・ソード」に取り憑いた「色欲の悪魔」と契約をしてしまう。それ以来、彼はいかなる女性も虜《とりこ》にし、屋敷の地下室にハーレムを築く。そのハーレムの中には、幼馴染のグミナもいたのだった。

◉カーチェスの恋人とは？

サテリアジスに誘拐された恋人を助けるため、女装して屋敷に潜入した貴族カーチェス＝クリム。彼は『悪ノ娘』に登場するカイル＝マーロンを彷彿とさせる。また、カイルが絵描きを目指していた頃に名乗っていたペンネームも「カーチェス＝クリム」であるため、関連性は疑いようもない。さらに、PVに映る「行方不明者リスト」には、マーロン国王妃ユフィーナ＝マーロンの名前がある。カーチェスの恋人がユフィーナであったなら、この事件以後に二人が結ばれた可能性は高いだろう。

悪食　悪食娘コンチータ

【MEIKO】悪食娘コンチータ【鏡音リン・レン】
投稿日：2009年3月4日
動画番号：sm6328922
イラスト：壱加

解説 Explanation

同曲の改訂版が、悪ノPコミュ専用動画としてアップされている。この動画の背景には、バニカ嬢の一生を記した年表が記されており、彼女の驚くべき"記録"を知ることができる。

STORY

腐臭《ふしゅう》漂う館で、一人の女性が食事をしていた。彼女はベルゼニア帝国コンチータ領の領主、バニカ＝コンチータ。この世の美食を極めた彼女が求めたのは、究極にして至高の「悪食」だった。あらゆる食材を求めるうちに「悪食」は加速していき、猛毒や皿、屋敷のコック、そして双子の召使まで食べてしまう。ついに屋敷には何もなくなり、彼女以外には誰もいなくなってしまった。それでもまだまだ足りないと、視線を向けたその先にあったのは彼女の右手。「マダ　タベルモノ　アルジャナイ」と言って微笑んだ彼女の最後の晩餐は「彼女自身」だった。

考察

◉双子の召使の正体は？

『悪ノ王国』のブックレットにおいて、双子について触れられている。気になるのは「あの双子が、なぜ故郷から遠く離れたベルゼニア帝国にいたのか……」という意味深な文章である。「あの双子」とは、『置き去り月夜抄』に登場した双子のことを指すのだろうか。だが、『置き去り月夜抄』から『悪食娘コンチータ』までは三百年以上が経過している。彼らは生まれ変わりか、もしくは子孫だと考えるのが自然だろう。

◉「残したら怒られる」

ヴェノマニア公は、自らの容姿へのコンプレックスゆえに悪魔と契約し、暴走した。ならばコンチータも食事に対して、何らかの抑圧された思いがあったのだろうか。

彼女の「残したら、怒られちゃうもの」という台詞に、想像の余地がある。彼女は領主であり、彼女以上の権力者はコンチータ領にはいないはずだ。ならば、誰に怒られるというのだろうか。彼女は過去に、食事を残してひどく怒られたという経験から、何でも食べる悪食に走ったのだろうか。もはやすべては闇の中であり、真相は定かではない……。

トワイライトプランク

STORY

夕暮れの海岸で遊んでいる双子の子供。そんな双子に、悪魔が「あそぼうよ」と語りかける。だが、双子は悪魔に食べられないようにと去っていく。三時の鐘の音で目を覚ました悪魔は、おやつを持った双子を物欲しそうな目でじろりと見た。女の子は「わたしのおやつはあげないからね!」と言い放つが、「せかいをすべてのみこんでも　わたしのおなかはふくれないの」と悲しそうな顔をした悪魔を見た男の子は、「かわいそうだからおやつをわけてあげる」と言う。悪魔はお礼に「このうみのちいさなひみつ」を教えた。そして男の子は、双子の姉にもその秘密を教えてやるのだった。

【鏡音リン】トワイライトプランク【鏡音レン】
投稿日：2010年8月3日
動画番号：sm11616761
イラスト：壱加

解説 Explanation

本書に掲載されている同名小説の原曲にあたり、本書の表紙のテーマともなっている。元は舞台『悪ノ娘～凄艶のジェミニ～』の際、双子の幼少時に流すため書き下ろされた楽曲だった。

考察

◉タイトルの意味

曲名をそのまま訳すと、歌詞にもある通り「ゆうぐれのいたずら」となる。しかし、公開された動画には『Twiright Prank』と、正しいスペルとは異なった単語が表示されている（正しくは『Twilight Prank』）。これについて悪ノPは意味深なコメントを残している。「right」は正しい、「twi」は「twist」（ねじる）。演じるのは「R」inと「L」en。アクマにお菓子をあげたのは王子様。でも王女様は……などなど。

本書に掲載されている同名小説で、この曲が王位継承問題を背景にした幼い日の王女と王子の物語であることがわかっている。本来なら王子が引き継ぐべきであるだろう王位がどうして王女へ渡ったのか。そしてなぜ王子は召使となったのか。その謎が明かされる。

◉仲の良い双子

二人で王宮から抜け出した双子の王子と王女。何の深読みもしなければ、内緒で遊びに来たことがタイトルの「夕暮れの悪戯」にあたるのだろう。歌詞にも「夕暮れを二人で分け合おう」とあるように、二人はとても仲の良い姉弟のようだ。この直後に双子を襲う運命を想うと、心が痛む。

傲慢

悪ノ娘

STORY

リリアンヌ＝ドートゥリシュは、ルシフェニア王国の王女様。傲慢な性格で、我が侭を言っては臣下や国民を苦しめていた。そんな彼女は、海の向こうの青い髪の王子に恋をしていた。だが、王子が緑の髪の女に恋をしたと聞いた王女は、嫉妬のあまり戦争を始め、緑の国を滅ぼしてしまう。その横暴な振る舞いに、怒り狂った国民たちはとうとう革命を起こす。王女は捕えられ、ギロチンに掛けられる。処刑の時間は午後三時。いつも彼女がおやつを食べていた時間だ。王女は最後の瞬間も、笑って「あら、おやつの時間だわ」と言い放ったのだった。

【鏡音リン】悪ノ娘【中世物語風オリジナル】
投稿日：2008 年 4 月 6 日
動画番号：sm2916956
イラスト：壱加

解説 Explanation

悪ノ娘が君主でありながら「王女」のままであったのは、先代の女王を尊敬しており、成人するまで「女王」とは名乗らないと決めていたためだ。

悪ノ召使

STORY

ルシフェニア王国の幼い王女様を支えるのは、顔のよく似た召使。彼らは双子だったが、大人たちの勝手な都合により、王女と召使として立場をわけられたのだ。召使は、王女の我が侭を何でも叶えた。好きな女性でさえ、王女の命令とあれば暗殺した。王女のためならば、悪にだってなる覚悟をしていたのだ。革命が起きて民衆が城へと押し寄せる中、召使は王女に服の交換を持ちかける。「これを着てすぐお逃げなさい」——そうして召使は王女を逃がし、彼女に扮して処刑台へと連れていかれた。処刑の瞬間、最後に彼が望んだこととは——。

【鏡音レン】悪ノ召使【中世物語風オリジナル】
投稿日：2008 年 4 月 29 日
動画番号：sm3133304
イラスト：壱加、きしだ 他

解説 Explanation

『悪ノ娘』の出来事を、召使の視点から描いている。処刑されたのはリリアンヌではなく、彼女に扮したアレンであったことも、ここで初めて明らかにされる。

リグレットメッセージ

STORY

街外れの小さな港に、一人佇む少女がいた。「願いを書いた羊皮紙を小瓶に入れて、海に流せばいつの日か想いは実る」という、幼い頃に聞いたおまじない。それを実行するために、彼女はガラスの小瓶を海へと流した。ゆっくりと遠くなっていくガラスの小瓶を見て、少女が想うのは、いつも自分の我侭を叶えてくれた人物のこと。今はもういない優しい〝君〟のことだった。自らの罪に気づき、後悔の涙を流す少女。水平線の彼方へと消えていく小瓶には、そんな彼女の小さな願いが込められていた。「もしも生まれ変われるならば――」。

NO PHOTO

【鏡音リン】リグレットメッセージ【オリジナル】
投稿日：2008年5月25日
動画番号：sm3440324
イラスト：夜景ナビ

解説 Explanation

この作品では、今まで度々出てきた「ガラスの小瓶」がとうとう彼女の手から離れる。『緑のヴィーゲンリート』では、このおまじないは悪魔との契約であるといわれているが……？

考察

◉「解釈は人それぞれ」

この楽曲が投稿された際、悪ノPは「Q.これってあれの続き？　A.それぞれの、かいしゃくで、いいんじゃないかな。」とコメントしている。しかし、歌詞の内容から『悪ノ娘』、『悪ノ召使』の後日譚であり、『白ノ娘』のシーン6と同じ場面を歌った曲であると思われる。また、サビの部分に『悪ノ娘』を髣髴とさせる手拍子が入っていたり、曲の最後に意味深なブランクが入っているなどの共通点も見いだせる。

◉おまじない

曲名に入っている「リグレット」とは、「後悔」という意味である。後悔の涙を流しながらも、少女は未来へ向けての希望を海へと流した。
「願いを書いた羊皮紙を小瓶に詰めて流す」というおまじないは、『トワイライトプランク』で少年が悪魔から聞いた「このうみのすてきなひみつ」のことだろう。

白ノ娘

STORY

村人と違う髪色の娘は、仲間外れにされて孤独な人生を送っていた。「生きていてごめんなさい」という口癖を持つ彼女が欲しかったものは、〝友達〟だった。ある日、娘は森に倒れている緑の髪の少女を助けた。二人はとても仲良くなり、ともに村を飛び出し、裕福な商人の使用人として働き始めた。だが平和な日々は、隣国の王女が起こした戦争によって壊されてしまう。唯一の友達を失った娘は、ある日、教会の近くで倒れていた黄の髪の少女と知り合う。二人は姉妹のように仲良くなるが、少女が隣国の王女だったと知った娘は、ナイフを取り出すのだった。

【弱音ハク】白ノ娘【中世物語風オリジナル】
投稿日：2010年1月6日
動画番号：sm9305683
イラスト：壱加、ゆーりん、鈴ノ助、拶

解説 Explanation

対になる曲として、『緑の娘』視点の『千年のヴィーゲンリート』(Full ver. タイトルは『樹の乙女〜千年のヴィーゲンリート〜』)が第二弾宣伝動画に使用されている。

考察

◉『悪ノ娘』のその後

皆とは違う白い髪の少女『白ノ娘』クラリスが主役となっているこの曲。もともと悪ノPは、このストーリーを短編小説として発表する予定だったのだという。そのため、現在発表されている中では最長の八分にも及ぶ楽曲となっている。歌詞の内容も、『悪ノ娘』『悪ノ召使』を補完するような内容になっており、この曲によって『リグレットメッセージ』が『悪ノ娘』の後日談になっていることが裏付けられた。

◉謎の少年の正体は？

シーン6の海岸でクラリスの前に現れた少年とは一体何者だったのだろうか。この幻影について、『緑のヴィーゲンリート』では「リンにそっくりな男の子」と記されている。ここから、この少年がアレンを表しているのは間違いないだろう。ちなみに『緑のヴィーゲンリート』の裏表紙にも、リリアンヌの背後に立つアレンの姿が描かれている。この本のカバーをはずしてみると——？

怠惰　眠らせ姫からの贈り物《ギフト》

【初音ミク】眠らせ姫からの贈り物【中世物語風オリジナル】
投稿日：2011年5月23日
動画番号：sm14539838
イラスト：壱加

STORY

政略結婚でカスパル＝ブランケンハイム侯爵の元へ嫁いだ少女。しかし夫は欲深で無能な遊び人で、彼女と結婚したのも医者の娘である彼女の財産が目当てだった。しかし彼女は、彼が幼い頃の約束を忘れていても、そばにいられるだけで幸せだと彼を愛し続けた。そんな彼が情緒不安定になり、不眠症にかかる。彼女はある薬を「よく眠れる薬だ」と言って夫に飲ませた。その薬の正体は、致死性の毒薬だった。彼女は両親や病院にいる患者たちにまで飲ませ、「幸せ」をプレゼントする。お飾りのドールのように利用されるだけの日々に、すべてを壊したいと思うほど彼女は嫌気がさしていた。「幸せ」を配るうちに、気がつけば彼女は快楽殺人鬼と化していた。

解説 Explanation

タイトルにある「gift」とは、ドイツ語で「毒薬」の意味。動画に表示される文章には、新しいキーワードのほかに、小説に登場した人々の名前が確認できる。

五番目のピエロ

【鏡音レン】五番目のピエロ【オリジナル】
投稿日：2011年6月3日
動画番号：sm14639165
イラスト：碧茶

STORY

孤児院で暮らす少年レミーは、女性富豪のジュリアに養子として引き取られる。しかし、彼女には犯罪組織「ペールノエル」の長という裏の顔があった。彼女（サンタ）に洗脳された少年は「五番目の道化師」として夜毎に暗殺稼業に精を出すことになる。ある日、七番目の手品師がここから逃げ出そうと甘い誘いをかけてきた。しかしピエロは、それをサンタへの裏切りとして密告する。そして次の日、手品師は行方知れずとなった。ある日ピエロが仕事に出かけると、突如破裂音が響き渡る。胸に広がる痛み。無言で目の前に立っていたのは、八番目の狙撃手だった。「だから逃げようって言ったのに」そう呟いて嗤ったのは七番目の手品師だった。

解説 Explanation

楽曲のサブタイトルにある「The end of "Hansel"」など、考察の余地は大きい。そして、動画の最後には衝撃的な“果たし状”が記されている。

嫉妬　円尾坂《えんびざか》の仕立屋

STORY

円尾坂の片隅にある仕立屋の若き女主人は、近所でも評判の娘だった。そんな彼女の悩みごとは、愛するあの人の浮気症。あるときは赤い着物がよく似合う美しい女と仲むつまじく、あるときは緑の帯が似合う髪のきれいな女に寄り添われ、そしてあるときは年端もいかぬ女の子に黄色いかんざし買い与えていた。「だけど仕事は頑張らなきゃ」と、彼女は涙を流しつつ、母親の形見の裁縫鋏《さいほうばさみ》を片手に一生懸命だった。ようやく仕事もひと段落した頃、彼が会いに来てくれないのならばこちらから会いに行こうと考えた。赤い着物、緑の帯、黄色いかんざしを髪に挿して愛する男の元へ向かう。裁縫鋏は赤く染まっていた。

【巡音ルカ】円尾坂の仕立屋【和風物語風オリジナル】
投稿日：2009年12月8日
動画番号：sm9032932
イラスト：Rgveta、藤丸じじ 他

解説 Explanation

間奏部分には、鋏を仲睦まじい夫婦にたとえた一節が挟まれている。その話を母から聞いたカヨは、その理想に憑りつかれてしまったのだろうか。

考察

◉勘違いの〝嫉妬〟

最後のどんでん返しが特徴の悪ノPの楽曲の中でも、これほど皆の心が一致した〝どんでん返し〟はなかったかもしれない。女主人のいう「浮気性のあの人」は、実は赤の他人だったのだ。彼女の片思いが暴走した末に、家族のある彼を想像上の夫に仕立て上げていたのだろう。現実と空想が混ざり合った結果、女主人は男に寄り添う女たちを殺していき、彼女たちが身に着けていたものを奪い男の好みの女になろうとしたのだ。

◉もう一つのどんでん返し？

男は被害者だったという結果に終わるこの曲だが、その後出てきた情報によって、女主人の想いは勘違いではなかった可能性が出てきた。この事件が起こる直前、魔道師エルルカが女主人カヨのもとを訪れ、その体を転身の術で交換しているのである。これによってカヨの外見は、黒髪の美人から桃色の髪の美人（ルカーナの身体）に変わっている。つまり、黒髪のカヨの姿しか知らない男にとっては「はじめましてこんにちは」の可能性があるのだ。もし黒髪のときに男と関係があったとしたら……真相は確かめようもない。

強欲　悪徳のジャッジメント

STORY

USE(Union State of Evillious)暗星庁の悪徳裁判官、ガレリアン＝マーロン。彼は賄賂《わいろ》さえ払えば、容姿や年齢、人種や性別などすべて関係なく無罪の判決を下し、裁判を私物化していた。大切なことは、金が払えるかどうか、ただそれだけ。彼は足が不自由な娘のためにも金が必要だったのだ。彼は民衆殺しの悪辣《あくらつ》将軍からも賄賂を受け取り、無罪を告げた。その判決に民衆は怒り、内戦が始まった。将軍は殺され、その怒りの矛先は彼にも向けられた。民衆は屋敷に火を放つ。一緒ならば怖くはないと、彼は愛しい「娘」と共に最期を迎えた。目が覚めたときに一人いた場所は、「冥界の門」。冥界の主が救いの手をさしのべてくるが、彼の選んだ道は――。

【KAITO】悪徳のジャッジメント【法廷物語風オリジナル】
投稿日：2011年6月13日
動画番号：sm14731092
イラスト：ゆーりん

解説 Explanation

USEとは、エヴィリオス地方の国々による連合国家。森の映画館の建設者が彼であることが判明し、「Ma」「collector」などのキーワードが明らかになった動画である。

箱庭の少女

STORY

二人の親子が住んでいる家。娘にとってはそれが世界のすべてだった。歩けぬ娘を気遣う父は、赤いグラスに青のスプーン、そして黄色い枠の二対の鏡などの美しいもので部屋を埋め尽くしてくれた。彼はいつでも優しいけれど、外の世界のことは教えてくれない。しかし、父が望むのならそれでよかった。部屋の小物たちは、父のためだけにある彼女を「僕らと君は似た者同士だ」と笑うが、彼女が彼のためだけに歌うのは、それを彼女が望んだからだった。ある日、父からはじめて聞いた「戦争」という言葉。何もわからぬまま、彼女は炎に包まれていく。焼け落ちた屋敷から見つかったのは、孤独な男の亡骸と、焼け焦げた「ぜんまい仕掛けの人形」だった。

【初音ミク】箱庭の少女【ぜんまい仕掛けの子守唄2】
投稿日：2008年7月3日
動画番号：sm3840548
イラスト：あおの、鈴ノ助 他

解説 Explanation

『悪徳のジャッジメント』の「娘」視点だが、こちらの方が三年も先に投稿されている。たくさんの情報が出た今、もう一度見直すと新たな事実を見つけることができる。

ぜんまい仕掛けの子守唄

考察

◉派生か補足か

『大罪シリーズ』と何かしらの関連性を見いだせる別シリーズ、それが『ぜんまい仕掛けの子守唄』である。このシリーズは現在四つまで続いており、一作品目は「ぜんまい仕掛けの人形」が人間に様々な言葉を教わり、それを歌へと変えていくという内容だった。三作品目の『Re_birthday』より、このシリーズに新たな意味が加わり始めたのだ。

◉Re_birthday【ぜんまい仕掛けの子守唄3】

真っ暗な部屋に閉じ込められた少年が、自らの罪を唄へと昇華させる。少年の「罪」や「るりらるりら」「子守歌」「君がくれたメッセージ」など、他楽曲との関連性がうかがえる。また、動画イラストは同シリーズの前作にあたる『ぜんまい仕掛けの子守唄』と対になっている。

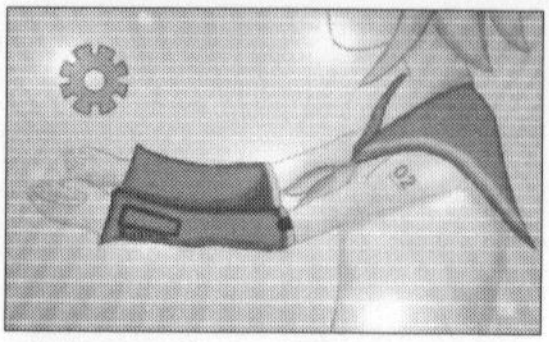

［鏡音リン］ぜんまい仕掛けの子守唄［オリジナル］
投稿日：2008年3月22日
動画番号：sm2747189
イラスト：mothy

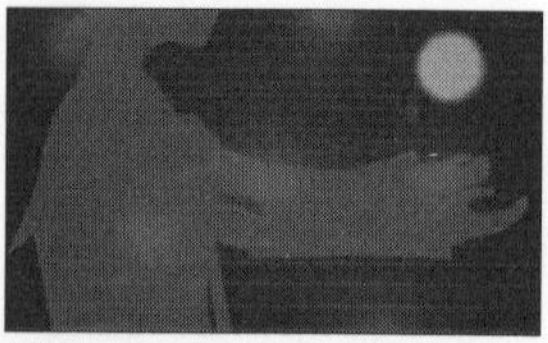

【鏡音レン】Re_birthday【ぜんまい仕掛け3】
投稿日：2008年12月27日
動画番号：sm5671863
イラスト：mothy

◉ハートビート・クロックタワー【ぜんまい仕掛けの子守唄4】

大罪シリーズの案内役ともいえる、大罪の器や、その使用者を髣髴《ほうふつ》とさせるキーワードが数多く散りばめられている曲。現在まで出ている情報からは、この映画館の創立者が『悪徳のジャッジメント』の主人公であるガレリアン＝マーロンであることがわかる。『大罪』等の楽曲には、どの時期の出来事であるかが悪ノPのマイリストに記されているが、この曲に関しては年代が「？」となっている。しかし、映画館を訪れた人物が次々行方不明になるということは……？

【KAITO】ハートビート・クロックタワー(F・V)【ぜんまい仕掛け4】
投稿日：2010年4月26日
動画番号：sm10512919
イラスト：鈴ノ助

解説 Explanation

動画タイトルにある「F・V」とは「FOREST Version」の略。もとはアルバム『EVILS FOREST』用の描き下ろし楽曲だったが、鈴ノ助さんのイラストを見てつい動画にしてしまったらしい。

その他楽曲

⚜これこそ「解釈は人それぞれ」

悪ノPの楽曲には、今まで紹介してきた『悪ノシリーズ』『大罪シリーズ』『ぜんまい仕掛けの子守唄シリーズ』に属さない楽曲も存在する。しかし、よくよく聞いているとシリーズを思い出させる単語が出てくることも？　それこそ「解釈は人それぞれ」だが、シリーズ外の楽曲もいくつか紹介しよう。

◉South North Story（sm5378871）

ゆにめもPとのコラボ楽曲。悪ノPとゆにめもP、それぞれの「鏡音リン」が登場している。悪ノPのリンは「北では国がひとつ滅びました」と言っているところを見ると、このリンは『悪ノ娘』を演じたリンなのだろう。ちなみに、この楽曲に悪ノPのレンは登場していない。

小説『緑のヴィーゲンリート』でミカエラが歌った曲『南と北の物語』は、この曲をもじったものだろう。

◉最後のリボルバー（sm9952079）

敵対する勢力に属する男性と恋に落ちた女性を歌った曲で、どこか『ロミオとジュリエット』を髣髴とさせる。「大罪シリーズではない」とは言われているものの、いくつか共通点が見つかっているので油断ならない楽曲である。

まずは「サンタさん」というキーワード。これはエヴィリオス年代記六一〇頃に活動を活発化させた犯罪組織「ペールノエル」を思い出す。ペールノエルとはフランス語で「サンタ」を意味し、その長であるジュリアは「サンタ」という名前で呼ばれている。さらに、『五番目のピエロ』には、緑色の『八番目の狙撃手』が登場する。ただ、これは悪ノPのいつもの「遊び心」である可能性も否定できない。

◉砂漠のBLUEBIRD（sm11325557）

災厄によって砂漠化した世界に生きる兄妹が、青い鳥を探すという物語。その名の通り、童話『青い鳥』がモデルになっているのだろう。近代的な表現が多いため、中世が舞台となる『大罪シリーズ』からはかけ離れているように見えるが、動画中には『Lucifenia state-run factory』の文字が登場する。ということは、もしかするとこの物語は『大罪シリーズ』の未来が舞台になっているのだろうか？　しかし、ルシフェニアという国は八七八年に連合国家USEとなっている。とすると、パラレルワールドとみるのが妥当だろうか。

短編小説
Twiright Prank
トワイライト プランク

原作 悪ノP（mothy）
漫画／挿絵 壱加

――トワイライトプランク――

✡内務大臣プレジ　～ルシフェニア王宮にて～

私にとってその老婆の提案は、神からの福音《ふくいん》であり、同時に悪魔のささやきでもあった。

老婆はアビスI．R．と名乗った。みすぼらしい黒のフードに、肩に乗せた痩せこけた赤猫。プリム皇后《こうごう》――『青ノ国』マーロン国の王に嫁いだ我が姉――からの紹介状を持っていなければ、私は老婆との面談を拒否していたことであろう。

人払いをし二人きりになった部屋で、私はアビスI．R．が差し出した一枚の手鏡を眺めていた。

「……これが噂の『大罪の器』か。何の変哲もない、粗末な手鏡にしか見えないがな」

木製の縁には丁寧な彫刻がなされているが、決して派手なものではない。高級感を出すために塗られたのであろうアイボリー色の塗装は、色あせて黄みを帯びていた。

アビスI．R．は私に近づき、鏡面の上の方を指さした。

「ようく覗き込んで御覧なさい。ほら、ほのかに赤い光のようなものが見えますでしょう」

鏡を覗き込むと、なるほど、確かに何か赤いものが写りこんでいるようにも見えた。

「これが『悪魔』か？　にわかには信じられぬが……」

「信じるも、信じないもご自由に。いずれにせよ、あなたに選択する余裕は御座いませんでしょう？　プレジ大臣」

「……ふん」

実際にアビスI．R．の言うとおり、私はここルシフェニア王宮内では微妙な局面に立たされていた。

私の名はプレジ。ここ『黄ノ国』ルシフェニア王国で内務大臣を務めている。

この国の繁栄に大きく貢献してきた自負はあるが、国民からの評判はさほどよくないようだ。それもこれも、あの悪知恵だけは働くジェネシアが私の手柄を横取りし、逆に自分の失敗の責任を私に押し付けてきたせいだ。奴さえいなければ、今頃は私が宰相《さいしょう》として国政を取りまとめていただろうに。

今、この国の体制は大きく変わろうとしている。偉大な王、アルス一世が病死したのだ。

アルス王には双子の子供がいる。姉のリリアンヌ王女と弟のアレクシル王子だ。王の遺言によりアレクシル王子が後継者になることは決まっていたが、いかんせんまだ六歳の幼い子供であり、国政を任せられる年齢ではない。そこで彼が成人するまでの間、後見人として選ばれたのが、こともあろうに宰相のジェネシアだったのだ。

後見人ならば王子の母親であるアンネ王妃が務めればいい。彼女はアルス王と同様、いやそれ以上の才覚を持っているし、何よりこの国を誰より深く愛している。かつて隣国のエルフェゴートでは、女性宰相が国の発展に大きく貢献したこともあるというし、マーロン国では姉のプリムが徐々に発言力を高めているようだ。女性が政治の場に立つことは、近年さほど珍しいことではなくなってきている。

それだというのに、ジェネシアは上手く王妃や家臣たちを言いくるめて、後見人に収まってしまったのだ。

いずれにせよ、私にとっては面白くない状況だ。ジェネシアとは若い頃から出世争いを続けてきた、犬猿の仲だ。決して負けたくない。それなのに、このままではジェネシアの実権が決定的になってしまう。それどころか、陰険なジェネシアの嫌がらせで冷や飯を食わされ続ける羽目になるかもしれない。それは今まで出世することのみに心血を注いできた私にとって、耐えがたい屈辱であった。

こんなことでは、また姉に馬鹿にされてしまう。きっと姉は、あの冷たい、蔑《さげす》むような目で私を見つめることだろう。そして失望した口調でこう言うのだ。

「あなたは人の上に立てるような器ではない」と。

それだけは駄目だ。私はこの国で成り上がり、姉に認めてもらわなければならないのだから。

姉は恐ろしい人だ。私が現状に焦りを感じていることなど、お見通しなのだろう。だからこそ、この老婆を通じて私に大罪の器を授け、そしてこの恐ろしい計画を実行に移させようとしているのだ。もちろん、これは離れた国で暮らす弟への愛情などではない。

「……最終的には、私を介してこのルシフェニアを手中に収めようとしているわけか、プリム皇后は」

「さあ、どうでしょうか？　ばばあには政治のことはよくわかりませんのでねぇ」

そう言うとアビスI．R．は顔を皺くちゃにして笑みを浮かべた。肩に乗った赤猫も一緒ににゃあと鳴き声をあげた。

「老婆よ、お前はいったい何者なのだ？　まさかただのマーロン王族の侍女だとは言うまいな」

「まあ、皇后付きの『魔道師』といったところですかねぇ。魔術の使い手などと言うと、たいていの人間は信じちゃくれませんがね」

「……いや、マーロンではどうか知らんが、ルシフェニア王宮に関してはそうでもない」

なるほど『魔道師』か。ならば今までの話は、あながち滑稽な世迷言《よまいごと》というわけでもなさそうだ。

ルシフェニアにもエルルカという名の魔道師がいる。若々しく美しく、そして恐ろしい女だ。彼女と出会うまで、魔術などというものはおとぎ話の中にだけ存在するものだと信じて疑わなかった。

しかし彼女は、その『おとぎ話の中の出来事』を次々とルシフェニア兵や大臣たちの前で披露してみせたのだ。その非現実な光景は、私のそれまでの価値観を覆《くつがえ》すのには十分すぎた。

姉もルシフェニアにいた頃、エルルカと親しくしていたのを覚えている。姉は他の誰よりもエルルカの魔術に魅入られていたようで、エルルカに頼みこんで簡単な術の手ほどきなども受けていたようだった（あとでエルルカに聞いた話では、姉はそれなりに魔術の才能があったらしい）。

しかしそのレッスンも、姉が結婚してマーロンへ行ってしまったことで中途半端なまま終わったようだった。

エルルカの力をよく知る姉が、偽物のペテン師に『魔道師』を名乗らせはしないだろう。アビスI．R．が少なくとも計画を実現するに足る程度の魔力を有していることは間違いない。

私はエルルカの妖艶な容姿を思い浮かべ、彼女よりは目の前の老婆の方がよっぽど魔女らしいな、などと思った。

「そうでしたな、この国にはあのエルルカがいるのでしたな」

表情を変えない老婆とは対照的に、赤猫の毛がわずかに逆立ったように見えた。

「しかしこれは少し厄介かもしれませんねぇ」

「なぜだ？」

「王宮内で事に及んだ場合、その魔道師に感づかれるやも。どうにかして王子を外に連れ出さないとなりませぬな」

「なるほど。しかし、それならば私に考えがある」

「ほうほう、いかようなな？」

「あの姉弟は、どうも時おり王宮を抜け出して、近くの海岸で遊んでいるようなのだよ。どのように抜け出しているかはわからぬが、所詮は子供のやること。部下に見張らせておけば、その動向を見逃すことはあるまい」

「二人だけで海岸へ行った隙を狙うということですな。よろしい、では準備をしておきましようかね、ククク……」

「おい、本当にこの計画、うまくいく……」

私が最後にもう一度確認しようとしたとき、すでに部屋にアビスI.R.の姿はなかった。


これからやろうとしているのは、国への反逆であり、人の道から外れた行為だ。そう思うと私は体の震えを止めることができなかった。

(しかし、もう引き返すことはできない)

自分がこの国の中枢に立つのだ。憎きジェネシアに勝つのだ。たとえ姉に利用されているだけだとしても。たとえ『悪』に身を委《ゆだ》ねることになったとしても。

そのためにはアレクシル王子に『大罪の悪魔』を取り憑かせ、自分の傀儡《かいらい》にする必要があるのだ。

名もなき海岸
ザー
ザー

おなかがすいた

三英雄レオンハルト　～ルシフェニア王宮「音の間」にて～

「三英雄レオンハルトよ、よく来てくれた」

アンネ王妃とこうして二人きりで会うのも久しぶりのことだ。アルス王と彼女が結婚して以降、対面するときには大概俺は親衛隊を引き連れているし、アンネ王妃のそばには大臣だったり付き人だったり、誰かしらがいるのが当たり前になっていた。

人払いをしたということから、これからするのであろう話はあまり表沙汰にしたくないものであり、そして親衛隊長である俺に話をするということは、それが多少なりとも物騒な事案であるということだ。

ともあれ、俺は今、アンネ王妃に呼ばれて、彼女の御前で跪《ひざまず》いている。

王妃は物憂げな顔をして佇《たたず》んでいる。その表情の理由はおおよそ見当がついていた。

彼女が話を切り出す。

「プレジが突然、リリアンヌこそが正統な後継者であると主張しはじめたこと、そして彼女の後見人に収まったことは知っておるな?」

「ええ。おそらくはジェネシアへの対抗心からでしょうが、愚かなことです。このようなことをしてもいたずらに混乱を招くだけでしょうに」

「……」

実際、プレジ大臣の反抗により、ルシフェニア王国は不穏な空気に包まれている。

プレジは、アレクシル王子を後継者とする遺言はアンネ王妃とジェネシア宰相によるねつ造である、と主張した。

宰相も他の臣下も、これを一笑に付した。ところがプレジ大臣はあろうことか『リリアンヌ王女を後継者とする』と記載されたアルス王の遺言書まで持ち出してきたのだ。

さらに王宮内には「アンネ王妃とジェネシア宰相が不義《ふぎ》を働いている」という噂まで流れ始めた。

もし事実ならば大問題である。大抵の臣下はこの噂を信じなかったが、ジェネシアの好色家ぶりを知る者の中には、噂を真に受ける人間もいた。

(宰相に落とせぬ女性はいないと聞く)

(王妃も、もしかしたら……)

陰でそのような会話を交わす者をみかけるたびに、殴りかかりたい衝動に駆られたものだ。若い頃なら実際にぶん殴っていただろうが。

「遺言書はおそらく偽物であろう」

アンネ王妃はそうつぶやくと、椅子に腰を下ろした。

俺は恐る恐る、王妃に尋ねた。

「それで……もう一つの噂の方は……？」

「噂？」

「王妃と宰相が……その……」

「事実だと思うか？」

「！ いいえ……」

噂を信じる者に怒りを覚えながら、このような質問をしてしまった自分を、心の底から馬鹿者だと思う。

愚問だった。王妃が亡き王以外に心惹《ひ》かれることなど、あるはずがない。彼女の瞳にはずっと昔から、アルス王しか写っていなかったのだから。わかり切っていたことだ。

一瞬だけ、昔の苦い恋の記憶に想いを馳せた。貴族と平民。叶うはずのない恋だった。

(それでも、こうして傍に仕えられるだけでそれなりに幸せだ)

そう思えるようになるには、自分が考えていた以上に時間がかかってしまったが。

「しかしまあ、遺言書も噂も嘘だというのならば、そう憂慮することもありますまい。いずれ真実が明らかになり、プレジが失脚するだけのことです。優秀だと思っていたのに、馬鹿な男だ」

「お前らしい単純な考えだな」

「はあ……すみません」

「褒めているのだよ。わらわやマリアムなどは、少し余計に考えすぎるきらいがあるからな。時にお主の直情的な性格が羨ましくなることもある」

「そりゃどうも」

「ふふ……だけどね、問題はそれ以外にもあるの」

王妃の声のトーンがわずかに変わったのがわかる。

「リリアンヌがね……あんなに無邪気で可愛かったリリアンヌが突然、人が変わったようになってしまったの」

王妃の口調には、困惑の色が見えた。

「それまでほとんど興味すら持っていなかったのに、後継者となることに積極的になり始めて……」

「プレジが何か余計なことを王女に吹き込んだのかもしれませんな」

「仲が良かった弟のアレクシルとも険悪になってしまっているわ。アレクシルは優しい子だから、リリアンヌにぶたれても、逆らおうとしないの……」

「あの年頃の姉弟喧嘩はそう珍しいことではないと思いますよ。うちの娘なども、近所の悪ガキとの喧嘩で生傷が絶えませんからね」

「でも……でも！　それだけじゃないのよ……。正気の沙汰とは思えない、奇妙な行動も……」

「奇妙な行動？　具体的にはどのような……？」

「……あとで、厨房に立ち寄って御覧なさい。リリアンヌが今、そこにいると思うから」

「？」

自分の子供のこととはいえ、王妃がこれほど取り乱す様子を見せるのは珍しい。王女が実際によからぬ状態に陥《おちい》っているのは確かなようだ。

王妃はこちらから顔をそむけ、窓から城下を眺めている。

しばしの沈黙の後、再び王妃が口を開いた。

「ともかく、エルルカが言うには、プレジが何かよからぬことを企てている可能性があるそうだ」

確かに、最近のプレジの行動には不審な点が多い。怪しい老婆をちょくちょく部屋に招いている、という兵からの報告が俺の元にもあった。

それに……エルルカに先に相談したということは……リリアンヌに関して、魔術か、あるいは悪魔憑《つ》きを疑っているのか？

「マリアムには既に内偵で動いてもらっておる。その上で……」

王妃は一呼吸置いた後、

「お主に、頼みたいことがあるのだ」

俺にある命令を下した。

✡ 内務大臣プレジ　〜ルシフェニア王宮にて〜

「悪魔がリリアンヌに取り憑いたのは予想外だったが……結果的には上手くいきそうだな」

私は自室でそうつぶやいて、ふうっと息を吐く。

本来ならばアレクシル王子に悪魔を取り憑かせ、傀儡として操り、自分がジェネシアの代わりに後見人に収まるはずであった。それならばここまでの混乱を招くことなく、もっとスマートにいくはずだったのだが。

「状況に応じて作戦を変える……さすがですな」

部屋の隅でアビスI．R．が不敵に笑う。

「黙れ。貴様が失敗しなければこんなことには……」

「悪魔の気まぐれはばばあにも完全には読めませんでな」

アビスI．R．は私からの非難にも動じる様子をまったく見せず、赤猫の毛づくろいをしている。

まったく、食えない老婆だ。

「ところで……王女に憑いた悪魔は【傲慢】の悪魔だと言っていたな」

「ええ、そうですが、何か？」

「では王女のあの異様な食欲はなんだ？　蔵の食物をすべて食べ尽くしそうな勢いだぞ！

どう考えても【傲慢】とは関係ないだろう、あれは」

「ありゃ？　もしかしたら間違えましたかねえ。まあたいした問題でもありますまい」

老婆のあまりの適当さが非常に腹立たしくはあったが、実際問題、重要なのは後継者候補を洗脳し操ることだ。

それが一応成功している以上、あまりうだうだ言っても始まらないのは承知していた。悪魔を憑かせる上で、何かしらの異常が起こるのはわかっていたのだから。

それでもとりあえず、目の前の魔道師に苦情を言ってみる。

「他の者に隠しておくのも骨が折れる。何とかならないのか？」

「難しいでしょうな。まあなんとかなさい。貴方の野望が成就するのも時間の問題……ただ三英雄とか呼ばれている輩たち、特にエルルカの動きにはくれぐれも気をつけますよう」

そう言うとアビスＩ．Ｒ．はまた霧のように姿を消した。

（三英雄か……確かに最近、不審な動きをしていると聞く。もしや感づいているのか？）

後顧《こうこ》の憂《うれ》いは断たなくてはならない。だが……三英雄の実力はよく知っている。下手に手を出せば藪《やぶ》をつついて蛇を出すことにもなりかねない。

（いっそのこと、憂慮の元を断つか？　ジェネシア、それにアレクシル王子さえこの世にいなければ……）

すでに悪魔に心を売った身だ。もはや恐れることなど何もない。

◆三英雄エルルカ　～ルシフェニア王宮にて～

事態は切迫している。急がねばなるまい。私はジェネシア宰相の部屋へと続く階段を駆け上る。

先ほど、アレクシル王子に刺客が放たれた。アンネ王妃の判断によりレオンハルトに匿《かくま》われていなければ、危ないところだった。

マリアムの内偵の結果が出るまで待つつもりだったけれど、そんなことも言っていられなくなった。

部屋の前に着いた。中からかすかに物音が聞こえる。

（こちらの動きも、もうばれていることでしょう。プレジが強硬な手にでることも考えられるわね……）

一抹の不安を胸に、私は宰相の部屋の扉を開け放った。

「失礼するわね。ジェネシア宰相、居られるかしら？」

返事はない。ふと、視界の下の方に何かが転がっているのを見つけた。

（……やはり、一足遅かったようね）

足元で寝そべるその肉体に、もはや魂が宿っていないことは一目でわかった。

毒でも盛られたのか。顔色が赤黒く変色している反面、意外なことに表情は眠っているように穏やかだった。

（ジェネシア……スケベで嫌味な奴だったけれど、死んでしまうと寂しいものね）

そのジェネシア宰相が普段、ふんぞり返っていた椅子（派手好きなジェネシアらしい、やたら背もたれの高い、大きな椅子だ）には、別の人間が座っていた。

「！　リリアンヌ王女！　なぜこんな所に……」

夢中で何かの肉らしきものを貪《むさぼ》るその少女に、もはや王族らしい気高さなど微塵もなかった。

ふと、とてつもなく恐ろしい想像が頭をよぎった。

――この子の食べている肉、もしかして――

「ちょっとリリアンヌ。あなた何を食べているの！」

抵抗するリリアンヌから無理矢理手に持っていた肉を奪い取った。

（……ただのジビエ……野ウサギの肉ね）

「おや、これは大魔道師エルルカ殿ではありませんか。どうかなさいましたかな？　何をそんなに慌てているのですか？」

リリアンヌの座っている椅子の裏から表れたのは、今回の一連の件、その黒幕であった。

「もしかして『王女がジェネシアを喰っている』とでも思ったのですか？　ハハハ、そんなわけありますまい。もっとも、この部屋にある食料はそれで最後だ。食べ終わった後でリリアンヌが次に何を食べようとするか……それはわかりませんがなぁ」

「プレジ……。ジェネシアを殺したのは……」

「ええ、そうです。私が毒を盛りました。致死性の毒はこの国では中々手に入らなくて、少し苦労しましたよ」

「まさかあなた自ら手を下すとはね。いずれにせよ、もうあなたは終わりよ。観念なさい」

「終わり……？　そうかなぁ？　そうなのかなぁ？　フフフ、ハハハハハハ……」

プレジ大臣は笑い続けている。その様子は、もはや正気ではないように思えた。

「まだ終わりじゃないんじゃないかなぁ。君をここで殺し、マリアムやレオンハルトを殺し、アレクシルを見つけ出して殺せば、まだ終わらないんじゃないかなぁ。ハハハ」

「そんなこと、あなたにできるわけ……!?」

そのとき、プレジの異様な変化に気がついた。

私の知る限り、プレジは魔力を持った人間ではないはずだ。だが今のプレジの体は、禍々《まがまが》しいほどの魔力に覆われている。それは魔道師である私と互角、いや、それ以上にも思えた。

「王女ォ！　あなたの中の『悪魔』を、しばしの間、お借りしますぞぉぉぉ」

リリアンヌの体から力が抜けおちる。

プレジはリリアンヌに憑いていた『何か』を、自分の力に変えているのだ。それにしても、これほどの魔力は尋常ではない。

「あ、あなた、何をその身に宿しているの……？」

「フハハハハハ！　君がずっと、この五百年間ずっと、探していたものだよ、エルルカ＝

クロックワーカー!!」

「！　大罪の悪魔……」

「この力なら、これなら君に勝てるんじゃないかなぁ？　どうだろう？　どうなのかなぁぁあアハハハハハハ！」

「プレジ……、今のその姿をあなたの姉が……プリムが見たらどう思うのかしらね」

「どうかなぁ？　どうなのかなぁぁぁぁ!!」

もう話が通じないようだ。彼は完全に悪魔に取りこまれてしまった。

私は右手に持った杖を構えた。

＊？・？・？　～ルシフェニア郊外にて～

「……それで、その後はどうなった？」

ルシフェニアの外れにある丘。アビスＩ．Ｒ．は肩に乗った赤猫を撫でながら、目の前にいる私の報告を聞いていた。

「プレジ叔父様は、かなりエルルカを追い詰めたようですが、途中でマリアムがエルルカの助けに入り、結局は敗れたようです」

「そうか。ここルシフェニアで身を立てようと懸命だったんじゃろうに、不憫《ふびん》なことじゃ」

「その不憫な男を騙して、悪魔を取り憑かせたあなたも相当ですね」

「ほう、子供のくせに一丁前の口を聞くようになったのう。それで、『悪食の悪魔』は？」

「叔父様が死んだ後、再びリリアンヌの元に戻りました。しかしそれもエルルカによって祓《はら》われ、器の手鏡も回収されたようです」

「プレジ以外の人間には、そう簡単に離脱できないようにしていたのじゃが……さすがは『お姉様』か」

「……？」

この老婆はたまにおかしなことを言う。見た目からしてどう考えてもエルルカがアビスI．R．より年上のはずはないのに。

「まあ、四枚もある手鏡の一つが相手の手に渡ったくらい、どうということはあるまい。祓われた悪魔も本来鏡に宿っていた【傲慢】ではなく、私が入れ替えておいた【悪食】の悪魔……。皇后が持っている本来の『器』が無事なら、すぐに再生できる」

悪魔を完全に封じるには、『人』ではなく本体の『器』に宿る悪魔を封印しなければならない。アビスI．R．はこれを利用した。元々手鏡に宿っていた【傲慢】の悪魔と【悪食】の悪魔を入れ替えたのだ。

リリアンヌに憑いた悪魔が祓われても、本国にある本体の器……『グラス・オブ・コンチータ』がある限り、【悪食】の悪魔の完全な消失は防ぐことができる。

一方の【傲慢】の悪魔はかなり特殊な性質を持っていた。一柱の悪魔に対し、器である手鏡が四つも存在しており、悪魔はその四つの鏡を自由に移動することができる。この悪魔を封じるには、四つの手鏡すべてを封印しなければならないのだ。

これらの事実すべてを、エルルカは知らないだろう。

「長い寿命にかまけて、勉強を怠った報いじゃよ、エルルカ」

アビスI．R．がそうつぶやいて笑みを浮かべている。

エルルカはおそらく『悪魔』を祓い『器』を封じたことで、七つの大罪の悪魔のうちの一柱を完全に排除したと思い込んでいる。

だが実際に彼女が為したのは、『傲慢の器』の『四分の一』を封じただけに過ぎない。

「厄介なのは、やはり三英雄と、奴らをまとめるアンネ王妃じゃな。まずはアンネ王妃……彼女をどうにかせねばなるまい……じっくりと、時間をかけてでも……うむ、アルス王の時と同じ方法を取るとしよう。【悪食】の悪魔を再生させ、その力で例の病原体を作り出す。そして……」

アビスI．R．はぶつぶつとつぶやきながら、うろうろと歩きまわっている。

「五年……いや、七、八年は見ておくべきか」

考えがまとまったのか、アビスI．R．は私の方に顔を向けた。

「これからの首尾はわかっておるな?」

アビスI.R.が私に確認する。

「はい、このままルシフェニアに潜入します」

「鏡は持ったな?」

「はい」

「これまでの訓練の成果を生かすのだ。少し長くなるが、何とかこらえよ。時を待つのじゃ」

「時を……どれくらいでしょうか?」

「アンネ王妃が死ぬまでじゃ。彼女が死んだとき、お主の中の【傲慢】の悪魔をリリアンヌ王女に植え付けてやれ」

「はい」

「頼んだぞ、ネイ。すべてはお主の母親の為じゃ」

「はい」

すべては、お母様のために。

私はルシフェニアへ向けて歩き出した。

＊三英雄マリアム　～ルシフェニア王宮にて～

今回の件に関して、私、マリアム＝フタピエが行っていた調査の結果と、事件の後のルシフェニアについてここに記す。

プレジ大臣の背後にアビスI．R．という老婆の存在があったことまでは調べ上げた。だが、その正体や目的、現在の居場所までは見つけ出すことができなかった。

本当の黒幕であろうこの老女が野放しである以上、油断はできないだろう。

このような事情や、またアレクシル王子自身の意思もあって、アンネ王妃はアレクシル王子を一時的にレオンハルトの養子にすることを了解した。

王子は、

「僕がいない方が、余計な争いが起こらないから」

と言い、また
「本当なら、僕がリリアンヌみたいになっていたはずだから」

とも言った。

それらの発言の真意は、すべてが大人たちに理解できるものではなかった。しかし王妃は何も言わずに王子の意思を受け入れたのだった。

アレクシル王子は名を『アレン』と改め、レオンハルトの元で暮らすことになった。

後継者はアレンとリリアンヌが成人したとき、改めて決めることになり、それまではアンネ王妃が政治の指揮を取ることとなった。

気がかりなのは、今回の件の後遺症で記憶を失ってしまったリリアンヌ王女だ。彼女には心のケアが必要だ。

私は王妃に願い出て、王女付きの侍女となった。そろそろ一線から身を引こうと思っていたところだ。ちょうどいい。

「お互い、独身なのに子持ちになっちまったなあ。ワッハッハ」

レオンハルトはそう言って、能天気な笑い声をあげていた。

「大丈夫なの？　あなたの所、これで二人目でしょ？」

私がそう尋ねると、

「なあに、なんとかなるさ。それに今回は男の子だ。今、うちにいるおてんば娘よりは扱いは楽だろうさ」

と答えて、また笑った。

単純な男である。その単純さが羨ましくもあり、そして、一緒にいてなんとも心地よい。

そんなふうに私が思っていることなど、この鈍感な男はまったく気がついていないのであろう。

またレオンハルトは、逆に私に質問してきた。

「お前こそ大丈夫なのか？　いきなり二人も子供の世話をすることになって」

そう……国とは関係ない私事になるが、私は郊外で生き倒れになっていた少女を引き取り、養っていくことになった。彼女も『ネイ』という名前以外の記憶を失っていた。これも何かの運命なのかもしれない。いずれにせよ、身寄りのない彼女を放っておくことはできなかった。

私たちが話している間、部屋の隅ではエルルカが我関せず、といった態で、読書にふけっていた。

「あなたも養子……とまではいかないけれど、弟子でも取ったら？　どうせ結婚しないつもりなら」

私がそう問いかけると、エルルカは視線を本から外さないまま
「ありえないわ」

とだけ言った。


プレジの野心から始まった政治紛争は、こうして終わりを告げた。

この事件が八年後に起こるあの革命のプロローグに過ぎないことなど、当時の私は知る由《よし》もなかったのである。

あとがきコメント

「悪ノ娘」の絵師と言えば壱加さん。悪ノPさんと壱加さんからコメントをいただきました。

壱加

悪ノ娘ガイドブック刊行
お疲れ様です。
今回、今まで出せなかった
キャラクターや漫画など
色々と楽しく書かせて
いただきました。
ありがとうございます！
壱加

掃きだめ
http://blog.livedoor.jp/ichi_ka01/

悪ノ P(mothy)

「トワイライトプランク」

登場人物がおじさんとおばさんと年寄り。若さが……若さが足りない!!　まあそれはマンガパートの幼リンレンで補ってください。そしてミニスのことを書き忘れた。

「悪ノ娘 銀のルトルーヴェ」

得意なはずの諜報《ちょうほう》活動はことごとく失敗……、戦闘では素人の元部下に敗れ……、最後には義娘に殺される……。悪ノＰはマリアムを応援しています!!

……
あ
あなた まさか
あなたが…
敵!?
バサッ
…世話ンなったのに 気が引けるッス けど…
ぐっ
革命のためには 仕方ないッス!!

メイド対決ッス
勝負ッス侍女長!!
シャルテット
悪ノ娘
銀のハルトレーヴェ

原作：悪ノP（mothy）　漫画：CAFFEIN

ルシフェニア王宮・
天国庭園《ヘブンリー・ヤード》
革命軍と王宮兵の乱戦中…
ザザッ
レディがそのようなものを振り回すのは感心しませんね
シャルテット

うわっ
ひっ
ズドッ
ギャァァ
あれを受け止めるのはさすがに無理ね
ヒラッ

ねえ
なぜメイドだったあなたが革命軍などに入ったのかしら？
お金？
それとも出世欲？
…難しい事はよくわかんねッス
でもたぶんこのままじゃ国もみんなも不幸になるッス！
私はただ…
ぐっ
ズドオォン
ザッ

ズズ……
自分の思ったとおりに動くだけッス!!
……単純ね
カチャ
少し羨ましいわ
でも
ザッ
ぐっ
!?
ぐっ
ぐっ
抜けな…

当然
あなたの行動が
リリアンヌたちを
不幸にすることも
わかってるん
でしょうね？
ハッ
ノアッ!!
ズバッ
なっ…

パ
ズドォュ
……
ドチャ
ガラ
ガラ
ガラ
ぐっ…
ザッ

王宮の敵として
現れた以上
見逃す
わけには
行かないわ
シャルテット！
ごめん
なさい
カチ
ドッ
ズ
ン

な…
父ちゃん…
役に立ったッス…
ドシャ
宴会用必殺兵器
ロケット手甲!!

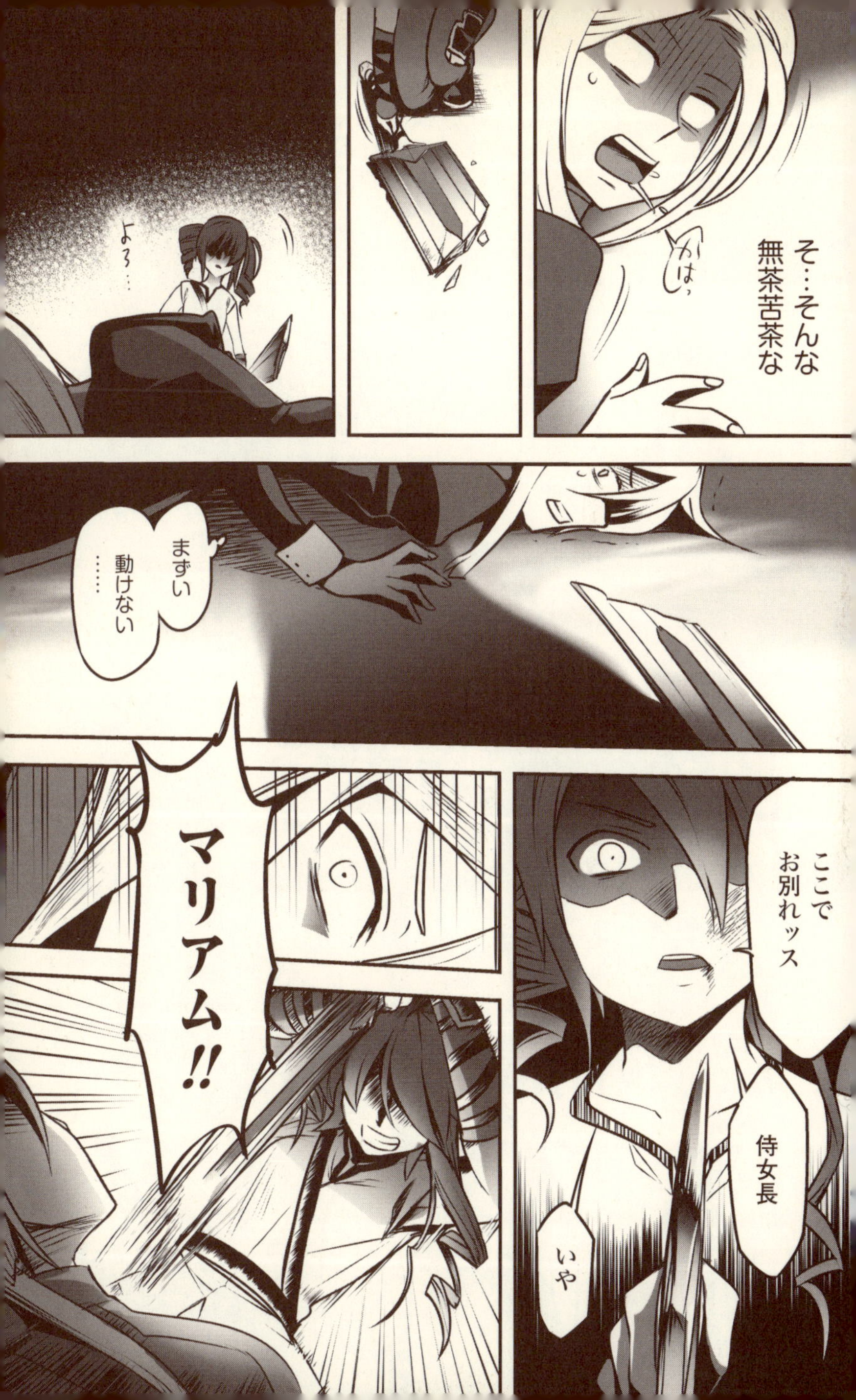

そ…そんな
無茶苦茶な
かはっ
よろ…
まずい
動けない
……
ここで
お別れッス
侍女長
いや
マリアム!!

「当然 あなたの行動が リリアンヌたちを 不幸にすることも」

「わかっているんでしょうね？」

また派手にやったわね…

高価な花瓶じゃなかったからいいけど…

ごめん…

すっ すみませんッス
やっぱり私はメイドに向いてないッス…

大丈夫よ
確かにちょっとそそっかしいけど…

少しずつ慣れていけばいいわ

がんばりましょう
シャルテット
シャルテット!!
パ
ピタ
ババッ

煙幕!?
どこだ
マリアム!
どこに
いった!?
くそ…
マリアーム!!
人間の
戦いじゃ
ねえ…
だな
巻き込まれた
ボロン
はぁ
はぁ

あんな悪趣味な武器…作ったのは彼女の父親かしら
エルルカ…
レオンハルト
時代が変わろうとしているのね…
はぁ
はぁ
それにしても三英雄たるこの私が素人の子にあんな不覚をとるなんて…
ガサ
!
お母様!
ネイ!?
お母様のことが心配で…戻ってきてしまいました
そう…いずれにしてもここも危険だわ
ま
革命軍が来る前に逃げ

な…？
ネ
イ…？
ズブッ
すべてはあのお方のために
ドシャ
ああ…三英雄が一人マリアム＝フタピエは
皆に裏切られて死ぬのね

一体何が運命を狂わせたのかしら？
最後に残るのは誰かしら…
結末が見られないのは残念ね
【悪ノ娘 銀のルトルーヴェ】END

あとがき

おひさしぶりです、
CAFFEIN（カフェイン）です。
初めての方は初めまして。

今回は小説からスピンアウトして
マリアムVSシャルテットの部分を
漫画化させて頂きました。
原作のプロットの文章量は
少なめだったので、
勝手にどんどん膨らませてしまいました。
すいません。
戦闘シーンを描くのも初めてでしたが、
大変だけどとても面白かったです。
ちなみに、この為にわざわざコ◎スタを買ったのに
結局いつもどおりSAIでやりました。もったいない。

悪ノP様、悪ノ関係者の皆様、
編集部様、読んでいただいた皆さん、
どうもありがとうございました。
それではまたどこかで。

CAFFEIN.

悪ノ秘録

悪ノノベルシリーズ　カバー絵師座談会

～ちょっとネタバレもあるかもよ！～

参加者

壱加　*Ichika*

『悪ノ娘』『悪ノ召使』を初めとした悪ノ楽曲でイラスト・動画を制作。ノベル版ではキャラクターデザイン・挿絵、また第一弾の表紙イラストを担当。

鈴ノ助　*Suzunosuke*

悪ノ楽曲では『ヴェノマニア公の狂気』などの動画絵や、CDジャケットのイラストを担当している。第二弾の表紙イラスト、予告カットで参加。

憂　*You*

彩色豊かなイラストが特徴。本シリーズでは第一弾からキャラクター紹介用のイラストを制作。今回の『悪ノ間奏曲』では表紙イラストを担当。

『悪ノ娘』に出会うまで

―まずはじめに、自己紹介をお願いします。

壱加：一冊目の表紙とシリーズの挿絵を担当してます、壱加です。

鈴ノ助：鈴ノ助と申します。普段気ままに絵を描いたりしています。二冊目で表紙を描かせていただきました。

憂：今回の表紙を担当しました、憂です。とても緊張していますが、最後までよろしくお願いします。

―皆さんがイラストを描きはじめたのはいつ頃でしょうか。

壱加：物心つく頃からですかね。時期ははっきりしませんが、小一の頃にはもう描いてました。

鈴ノ助：中学生頃だったと思います。幼少期は逆に絵が描けない子として親が先生に相談されたそうです。

―「絵が描けない」ですか？

鈴ノ助：幼稚園で一人だけ居残りをさせられても描けたのは、画用紙の端にちっちゃくお花数個くらいでしたね。別に病んでたとかではなく、普通に絵が下手な子でした。

―なるほど、すごく意外です。憂さんはいかがですか？

憂：趣味でイラストを描き始めた時期っていうのははっきりと断定できませんが、最初にお絵描きをしたのは三歳の頃の、保育園でのおかあさんの似顔絵ですね。クレヨンの色を全部使わないと気がすまない子で、今でも虹色ばっかり使っているところは三つ子の魂百まで、といったところです。

鈴ノ助：格好いいと思います。

――ちなみにボーカロイド系のイラストを描き始めたのは？

壱加：二〇〇七年頃……かな？　ゆうゆＰさんの『白の季節』を聴いて、初めてミクを描いた記憶があります。

鈴ノ助：何年前かわからないのですが、初めて描いたのは黒うさＰの『カンタレラ』だったような気がします。

憂：二〇〇七年の冬頃にボーカロイドを聴き始めていたので、その時期だったかなと記憶しています。

――では悪ノＰの作品と初めて出会ったのはいつ頃ですか？

壱加：『悪ノ娘』がピアプロに投稿された直後です。動画を作るのに行き詰って、ピアプロの新着漁りしてるときにタイトルに惹かれて聴きました。

鈴ノ助：『悪ノ召使』がニコニコ動画のランキングにあり、動画を開いてみたら「悪ノ娘から見ろ」とタグに付けられていたので、そのまま『悪ノ娘』→『悪ノ召使』と見たのがはじめですね。

憂：鈴ノ助さんと同じで二〇〇八年の秋ですね。『悪ノ娘』があがったときはものすごく話題になっていましたもの！　壱加さんのイラストをいろいろなところで見たな～。あれから数年経ってこういう形になるっていうのは、とても不思議な気分ですね。

――鈴ノ助さんも憂さんも、壱加さんのイラストが使用された楽曲を観たのが始まりだったんですね。

壱加：生きていてごめんなさい……。

鈴ノ助：謝っちゃったよｗ

憂：ちょｗｗｗ

壱加：結構本気でガタガタしてますｗ

鈴ノ助：「貴方は素敵な人よ」と返した方がいいのでしょうかｗ

――（笑）では、皆さん『悪ノ娘』『悪ノ召使』をご覧になった際の作品の感想はいかがでしたか？

壱加：イメージが湧きやすい曲だなーと。あと『悪ノ召使』は『悪ノ娘』とはまた違った雰囲気だけど、二曲で一つの物語、というコンセプトは面白いなと思いました。

鈴ノ助：とにかく悲しくてアレンが救われないってぐるぐるしてました。それでも悲しいストーリーだからこそ惹かれたんですけどね。あと、ボーカロイドというジャンルの可能性を感じました。二次創作でもあり、一次創作もできる場なのだと。

憂：ボーカロイドで、当時こういったダークファンタジーの要素のもの、物語のある作品は珍しく、面白いなあと思っていました。曲がすごくキャッチーなところもよかったですね。どんどん派生や関連イラストがあがっていく流れそのものも、すごく印象的でした。ボーカロイド黎明期において、一柱を担う作品だと思います。今なお、その世界が広がり続けているのもすごいですね。

――作曲者である悪ノＰのイメージは？

鈴ノ助：悪ノ～という名前からして、怖い感じの人なのかな、と。

壱加：ＤＴＭやってる方は総じて理系のイメージがあるのでそんな感じで。実際お会いしたときも結構イメージ通りだった覚えがあります。想像よりも少し痩せてるなとは思いましたが。サングラスかけてる悪ノさんが初対面ならイメージと違ったと答えるかもしれませんがｗ

憂：オフラインで会う前は……結構ロマンティックな作品ばかりだったので「もしかしたら女性かも？」とも思っていました。実際にお会いしたときには、「イメチェン」した直後だったそうで、革ジャンにサングラスだったのがちょっと面白かったです。

――皆さん、サングラスをかけた悪ノPとお会い済み？

鈴ノ助：イベントでお会いした際、一瞬誰かわからずスルーしそうになりましたね。ファンの方的には今の方が悪ノPとしてイメージが近いのではないでしょうか。

壱加：私もスルーしかけました。

憂：みなさん総スルー！

――意外な結果になりましたｗ　次に、一番気に入っている悪ノPの作品はありますか？

壱加：『ぜんまい仕掛けの子守唄』が実は好きです。静かに迫ってくるような、そんな曲調と歌詞が好みで。ほかにどんな作品を制作されているのかなと聴いてすごく惹かれた曲なので、印象に残ってます。

鈴ノ助：私は『Re_birthday』かな。罪と再生の流れがとても痛く綺麗で何度聴いてもうるっとしてしまいます。

憂：私も鈴ノ助さんと同じで『Re_birthday』が好きです。楽曲としてすごく好みなのと、物語として救済があるっていうのは、やっぱりいいと思いました。

――なるほど。鈴ノ助さんは『ヴェノマニア公の狂気』かな、と思っていたので、意外でした。

鈴ノ助：『ヴェノマニア公の狂気』と答えてもいいのですが、エロいのが好きな人と思われるんじゃないかなとｗ　でも楽曲としてもとても好きな曲ではあります。

ノベルのイラストを担当して

――『悪ノ娘』がノベル化すると聞いたときは、どうでしたか？

壱加：純粋に驚きました。

鈴ノ助：すごいなぁ、と。

憂：「悪ノさんすごい！」と思いました。ファンの方の声が多かったんだろうな～って、その見えない力みたいなものがとても感慨深かったです。

――壱加さんは、第一弾では挿絵だけでなく、カバーイラストの担当をしていただきましたが、大変だったことは何でしょうか？

壱加：ハイライト一択です

――ハイライト……！　確かにかなりのやりとりをさせていただきました……。正直、「編集まじ犬の糞踏めばいいのに」とかありましたか？ｗ

壱加：でもあれ以来、真面目にハイライト入れるようになったのでいい勉強になりましたｗ

――第二弾の表紙は、鈴ノ助さんにお願いをさせていただいたのですが、お話がきたときはいかがでしたか？

鈴ノ助：てっきり中のピンナップイラストのことだと思っていたので、「さてどうしよう」という感じでした。ほかに参加されている方々が素晴らしい絵師様方なので私でいいのかな、と。

――大変だったことはありましたか？

鈴ノ助：二人をとにかく可愛く描くのが難しかったです。

――かなりの修正などがあったかと存じます……。

鈴ノ助：いえ、その分いろいろ鍛えていただいたので今ではいい思い出です。

――憂さんには、毎回たくさんのカラーイラストをお願いさせていただき、さらに今回のガイド本では、表紙をお願いさせていただきました。制作を終えてみて、いかがでしたか？

憂：ピンナップはかなり好き勝手にやらさせていただいていたのですが、表紙はまた違った心持ちで臨んでいました。ファンの方には、「きっと壱加さんのイラストのイメージが先行している」と思ったんです。そこで過去の作品を拝見した上で、構図を練りました。これまでの流れも踏襲したかったので、鈴ノ助さんの作品も、常に横において作業をしていました。

――このノベルシリーズで、描いていて楽しかったキャラクターは誰でしょうか。

壱加：全キャラクター楽しく描いてますが、強いてあげるならエルルカでしょうか……。少々悪人面に描いても問題ない、という安心感があったので。

鈴ノ助：描いたのが二人のみなので、仲良くクラリスとミカエラで。この二人のセット可愛らしくて好きです。

――鈴ノ助さんは、描いてみたいキャラクターはありますか？

鈴ノ助：オヤジという生き物が大好きなので、レオンハルトが少し気になるかな。求められているのはそこじゃないのはわかっているんですけどねｗ

壱加：（0.5秒で）求めてます！

鈴ノ助：やったーｗ

――憂さんは、おそらくほとんどの主要キャラを描かれていますが、お気に入りは誰でしょうか。

憂：みんな可愛くて楽しかったです。髪をアップにしたリリアンヌちゃんはとっても可愛いと思います。あと王子様なカイルさんはなんでか描いていてにまにましてしまいますね。

――物語の展開で、印象に残った部分をお願いします。

壱加：ミカエラとクラリスの恋愛は予想外でびっくりしました。

鈴ノ助：ミカエラとグーミリアの姿の元となったのがあの曲のあのキャラクターだったことにはとても驚きました。

憂：自分もミカエラとクラリスはびっくりしました。楽曲の中で語られていなかった要素についても補完されていくのが、小説の面白いところですね。また新たな気持ちで楽曲を聴けるというのも、素敵だと思います。

――ずばり、第三弾はどんな展開になると思われますか？

壱加：カイルのお母さんがラスボスかな、と。

鈴ノ助：うーん、すべての国が戦火に包まれるんじゃないかな。予告の時点でやばそうな気配がぷんぷんしていますしね。

憂：すべては神（悪ノP）の御心のままに。

――最後に一言お願いいたします。

壱加：お疲れ様です。第三弾まだどうなるかわかりませんが、またノベルズでご一緒できたらよろしくお願いします

鈴ノ助：隅っこの方でまたご一緒できれば幸いです。今日はお疲れ様でした！

憂：ご縁があって、このような形で作品に携われたこと、とても嬉しく思っています。ありがとうございました！

――皆様、どうもありがとうございました！

小説『悪ノ娘』に関する疑問を、悪ノＰに怒涛の質問攻め!!　あなたの疑問は解決した？

悪ノＰ一問一答！

Q：『悪ノ娘』が本として形になったときのお気持ちを教えてください。
A：お、俺は悪くないからな！

Q：悪ノＰが黄・緑通して一番好きな場面はどこでしょうか？
A：王女と召使が服を交換するシーン……だとありきたり過ぎるので、クラリスとユキナの別れの場面にします。クラリスの成長がよくわかるところだと思います。

Q：投稿されている楽曲を含めてファンの方々は様々な考察をされていますが、それについてはどのように感じていますか？
A：面白いですよねー。でもたまに作者が考えている以上の深い考察もあって、若干ドキドキします。

Q：発売が控えている第三弾の見所を教えてください！
A：前作まであまり目立たなかったキャラが活躍したり、そうでもなかったりするところ。

Q：読者の皆さんに一言お願いします！
A：気楽に楽しめ！

悪魔・魔術・宗教について

Q：大罪の器や悪魔の存在は、世間一般でどの程度知れ渡っているのでしょうか？
A：一般人で実在する存在として認識している人はほとんどおらず、まったく知らないか、知っていてもあくまでおとぎ話としてとらえている場合が多いようです。しかし、一部王族、貴族や、教会関係者の中にはそれらに関して深い知識を持つ人間も少なからず存在します。

Q：大罪のうち、「暴食」が「悪食」になっているのは何か理由があるのでしょうか？
A：その方が響きがいいから、とかいろいろな理由がありますが、あえて最大の、そして単純な答えを言うのならば「間違えちった、テヘッ♥」です。

Q：悪魔は器と本体から成っていますが、何らかの方法で器を破壊してしまっても本体がいる限り根本的な解決にはならないのでしょうか？
A：というより厳密に言えば悪魔の本体は常に器の中におり、外で暴れるのは分身に過ぎません。基本的に器を破壊、あるいは封印してしまえば悪魔本体も同時に力を失うので、外の分身はしばらくは力を維持するでしょうが、いずれは消滅します。

悪ノＰ一問一答！

Ｑ：大罪の悪魔には何か目的があるのでしょうか？

Ａ：元の悪魔たちにはさしたる強固な意志や目的はなく、ただ災厄をふりまくだけの存在のはずですが、面白いことに人間への憑依によって、悪魔たち自身の精神にも微妙な影響、変化が起こっており、それによって各悪魔たちが目的を持ち始めた可能性は否定できません。

Ｑ：「クロック・ワークの秘術」とは、結局どういった術なのでしょうか？

Ａ：ヒ・ミ・ツ♥

Ｑ：作中ではエルド派とレヴィン派などといった宗派が語られましたが、その他の宗派は存在するのでしょうか？

Ａ：少数派として「ビヒモ派」が存在します。アスモディンの一部地域でのみ存在する宗派ですが、悪魔信仰の色合いも強く、公には認めていない国がほとんどです。アスモディン以外の国では信仰すること自体が罪となります。

Ｑ：放火事件がなければ『とてもすごいタコ』はどのように活用されていたのでしょうか？

Ａ：しりたがりやは　わかじにするぞ。

Ｑ：作中では『とてもすごいネギ』が登場しましたが、魔具というものは魔道師が作り出すものなのでしょうか？

Ａ：簡易なものは魔道師でも作れますが、『とてもすごいネギ』のような高度な魔具の作成・修理は「ぜんまい使い」という専門職の人間でなければ不可能です。ちなみにこの時代に「ぜんまい使い」の存在は確認されていません。つまり使用期限の切れた『とてもすごいネギ』の修復はエルルカにも無理だったわけです。

Ｑ：悪魔が封印された大罪の器は、魔具の一種なのでしょうか？

Ａ：大罪の器は人為的に生み出されたものではないので、魔具ではありません。一品だけ、例外があるようですが……。

世界観について

Q:作中ではエルフェゴートに「緑ノ国」、ルシフェニアに「黄ノ国」、マーロンに「青ノ国」といった風に各国に色の名がついていますが、アスモディンや神聖レヴィアンタにも、通称や髪の色に特徴があったりするのでしょうか？
A：髪の色と国名の通称に関連があるのは「緑ノ国」エルフェゴートのみです。ルシフェニアに金髪の人が多いのも確かですが、「黄ノ国」の由来は創始者であるルシフェニアⅠ世の率いていた兵団の鎧の色が、お揃いの黄色だったことから、という説が有力です。「青ノ国」は、単に海に囲まれた国だからだと。アスモディンやレヴィアンタには特に通称はないです。

Q：シャルテットがリリアンヌに対して小説の面白さを力説している場面がありますが、この世界では一般的な娯楽としてどのようなものがあるのでしょうか？
A：詩や小説などの文学は、身分の高い人間に好まれました。平民のシャルテットが夢中になっているのは意外ですが、王宮仕えの中で文字の勉強もしたのでしょう。音楽、歌劇などは貧富を問わず人気がありました。
　文芸の保護はエルフェゴートで特に盛んで、才能のある者には国から補助金が支給されるほどでした。キールがミカエラを歌姫に仕立てたのも、もしかしたら補助金が目当てだったのかもしれません。

Q：エルドのような神や精霊たちは、他の国にも存在するのでしょうか？
A：いないと思われます。今後エルドが地上を去ることで、地上は完全に古代神の手を離れることになります。

Q：存在自体が少ない魔道師ですが、エルルカの「宮廷魔道師」のように魔道師にも階級や種類はあるのでしょうか？
A：かつて存在した「レヴィアンタ魔道王国」では、能力によって細かく階級が分かれていた、という話です。現在は各々が勝手に自称しているだけといえるでしょう。

キャラクターについて

Q：悪ノＰの一番のお気に入りキャラとその理由があれば教えてください。
A：三英雄だし優秀な設定なのに、実はまったく役に立っていないマリアムさん。

Q：長い時を生きている魔道師エルルカですが、ミカエラに渡した大金や自身の路銀などはどのようにして手に入れているのでしょうか？
A：ルシフェニアで最高クラスの地位（三英雄）ですから、当然高い給料をもらっているはずです。それ以外にも他国においてそれなりのコネを持っており、パトロンもいるようですが、現在の立場上それらを利用している可能性は薄いでしょう。

悪ノＰ一問一答！

Ｑ：キールとカイルはかなり親しい関係にあるようですが、二人の出会いや友情関係を教えてください。
Ａ：まだ尖っていた頃のキールと、反抗期まっ盛りのカイル。二人がマーロンで織りなす空前絶後の冒険活劇!!　があったようですが、それはまた他の機会に。

Ｑ：三英雄として長年国に仕え、衝突も多かったレオンハルトですが、彼はリリアンヌについてどのように思っていたのでしょうか？
Ａ：レオンハルトがリリアンヌに厳しかったのは、彼女にいつかは真っ当な女王になってほしいという親心からだったのでしょう。決して憎んではいなかったはずですよ。むしろ自分が恋した女性の面影をリリアンヌに重ねていたのかもしれませんね。……それはそれで少し危険なにおいがしますが。

Ｑ：『黄のクロアテュール』の最終局面では大剣を手に、三英雄の一人マリアムとメイド対決を演じたシャルテットですが、彼女は何か剣術の修行などをしていたのでしょうか？
Ａ：してないです。剣を握るのすら初めてです。ぶっちゃけ彼女は天才です。そしてそんな彼女に大剣を持たせた父親はどうかしている（力自慢なことは承知していたでしょうが）。

Ｑ：小説の黄・緑通して「悪役」として重要なポジションのネイですが、楽曲の時点で彼女の設定はあったのでしょうか？
Ａ：ネイとクラリス、そしてシャルテットについては当初からありました。ただ設定や役割については二転三転しています。ネイは最初の設定では、双子の義姉というポジションでした。

Ｑ：ガストの妹「セイラ」については今後語られる予定はありますか？
Ａ：語る機会があれば。

Ｑ：リンとなった後のリリアンヌは、封じられた過去の記憶、アレンのことなども含めてすべてを思い出したのでしょうか？
Ａ：おそらくはそうでしょうね。

悪ノ四コマ

小説『悪ノ娘』の舞台裏をちょっとだけ公開!?　こんな感じでがんばっております！

〜悪ノさんと壱加さんと編集部の円舞曲《ワルツ》〜

漫画：タンチョ

壱加さん
1冊目のキャラデザで
編集>>
挿絵イラスト、アレンとレオンハルトの身長差に萌えました←
ショタ好きなので、ありがとうございますw
壱加さん>>
大柄な男性と少年・少女との身長差はひたすら私だけが得だと思ったのですが、ツボをつけたようで嬉しいですw
PC
PC
2冊目の制作で
編集>>
村を一望したイラスト！
大丈夫だ、問題ない。
上司は言っている、そういうった背景は任せる作画師がいると……。
壱加さん>>
その際は一番良い背景を頼む！
※当時の最先端
クラリスかわいいよクラリス
編集>>
修道院服を着ると、クラリスのグラマーさがすごく目立つ気がします^^おいしいです←
壱加さん>>
リリアンヌはそうでもないのに、クラリスは修道服きると途端にエロさが増……
いやなんでもないです。
まて
KAITOの共通認識
壱加さん>>
KAITOを真面目に描くと何故か笑いが込み上げてきて提出が遅れてしまいました…すみません。
編集者>>
笑ってしまいましたww その気持ちよくわかります^p^!! 大変苦痛かもしれませんが、どうぞイケメンカイトをよろしくお願い致します（真顔）。
悪ノさん
初めてお会いしたとき
どうもー
はじめましてー
ノーマル
1冊目が発売された頃
ざわ…
ざわ…
どうもー
グラサンひげ
ゎ…クルノPだ!!
※夏コミで
2冊目が発売された頃
※サイン会で
ど…どうもー
腰を痛めた
大丈夫?
ガイド本の打ち合わせ
どうも!!
すっかり健康体
禁煙成功オメデトウゴザイマス。

色紙イラストギャラリー

第一弾、第二弾発売の際、書店で行われたキャンペーン用に描き下ろされた色紙たちをお披露目しよう！

▶▼第一弾『黄のクロアテュール』発売時に、店頭プレゼント用に描き下ろされたもの。表紙の壱加氏（右・中段）とピンナップイラストの憂氏（下段）が担当。
◀▼第二弾『緑のヴィーゲンリート』発売記念の色紙。表紙の鈴ノ助氏が担当。悪ノP、鈴ノ助氏のサイン会も行われた。

鈴ノ助

鈴ノ助

鈴ノ助

鈴ノ助

鈴ノ助

絵師コメント

本書を彩ってくれたイラストレーターの方々をご紹介！
イラストに関するコメントもいただきました。

1. イラストのタイトルや解説　2. 描いた感想　3. メッセージ

憂

アルカディアの扉
http://arcadia-art.com/

profile
幻想的で澄んだイラストを描く絵師。代表作には『【KAITO】千年の独奏歌(オリジナル曲)』、さらに風雅なおとのシングル『千年の独奏歌』のイラストも手がけている。

1.「トワイライトプランク」。原曲を意識して作成したので、同タイトルでお願いいたします。テーマは太陽、月、夕日。壱加さんに敬意を払いたく、楽曲のイメージイラストも踏襲するようにしてみました。
2. 悪ノ娘の世界観が好きな方に喜んでいただけるように、自分なりに試行錯誤をしながら描いてみました。気に入っていただけたら嬉しいです。
3. 悪ノ娘シリーズは世界観にとても広がりがありますし、そこにはたくさんのファンの方の思いが詰まっているのだなと常々感じています。これからの展開も、とても楽しみにしています。

秋 赤音

秋 赤音 [AKI AKANE]
http://akiakane.net/

profile
ニコニコ動画で活動している歌い手・絵師。代表作は『鏡音レンオリジナル曲 「右肩の蝶」』『【転がる先には】ローリンガール、オリジナルＰＶ【何がある？】』など。

1.「徐々に狂う世界」って感じですかね。
表では、豪華絢爛、きらびやかな楽しい世界って感じですが、裏では不満を持つ人、王女を憎む人がたくさんいて、みたいな。真ん中のミクは中立というか、平和の象徴というか、両方の平和を願っているようなイメージです。
2. ドレスを描くのが思いのほか楽しかった！です。あと、ボカロキャラをこんなに描くのもなかなかなかったのでちょいと大変でした。
3. 悪ノ娘の世界観をあまり崩してなければいいんですが……!!　私の中ではこんなイメージです。悪ノ娘も召使も大好きです！　双子ラブ。

ちほ

melpot
http://melpot.moo.jp/

profile
VOCALOID-PV のプロデューサーの一人。代表作は『【鏡音リン】メランコリック【オリジナル PV 付】』『【GUMI】きみにごめんね【メグッポイドオリジナル】』。

1.「プレシャスワールド、エゴイスティック」。お互いに優しさをもった子たちなのに、なんであんな悲劇を起こしてしまったんでしょう？　王女様が大切にしたかった世界は確かにあったんじゃないかなぁと思います。その範囲が立場に見合っていたかは別として。双子のあどけないエゴを、少しでも描けてたら嬉しいです。
2. ストーリーから想像してイラストを描く、というチャレンジがすごく楽しかったです。王女様に感情移入して物語に向き合ってみると、案外悪い子じゃなかったり……。改めてキャラクターを描くのって面白いなぁと思いました。
3. 王女様ってそんなに悪い子じゃないと思うんで、是非是非その心のうちも想像してあげてほしいです。この物語の悲劇の本質を抱えている、一番人間らしい子……のように勝手に私は思ってます。

笠井あゆみ

射千堂
http://www6.ocn.ne.jp/~ayumix28/

profile
イラストレーター・漫画家。代表作は『麗人』の表紙イラスト、『姉崎探偵事務所』シリーズのイラストなど。個人画集として『月夜絵』『恋字宴（こふじえん）』などが刊行されている。

1. ミカエラの衣装（上着）の色はコマドリの羽毛（胸元）の色から来ているんですね？
か、かわいい…。ミカエラの好きな人と好物のトラウベンを配置してみました。
2. 一つの曲に長大な物語や裏設定があるのが面白いですね。描いててとても楽しかったです。
3. こんなミカエラとクラリスもありかなー、と思ってもらえたら嬉しいです。

午前4時

pixiv
pixiv id=171408

1. キャラクターのデフォルメ立ち絵を描きました。
設定が生かされているといいのですが。
2. 元々好きな世界観だったので、とても楽しく描かせていただきました。また機会がありましたら是非！
3. 前々から興味はあったんだけど……みたいな状態からどっぷりとハマってしまった感じのわたしなのですが、今後の展開もとても楽しみです。わたしも一読者としてみなさんと一緒に楽しみにしたいと思います～

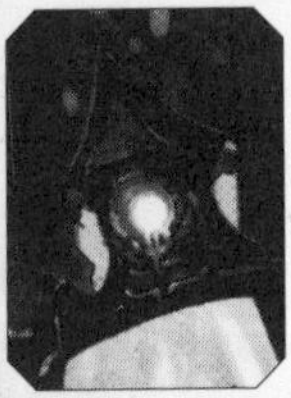

あさぎり

pixiv
pixiv id=24858

1. タイトルは「おやつの時間」です。テーマは「未来ver 悪ノ娘」。王女が玉座に鎮座しながら、部下のロボット兵がロボット市民の首をはねているシーンです。周囲には犠牲になったロボットの頭部が転がっています。
2. かなり趣味に走ったイラストにしてみました。元々ある世界観を意識しつつ、自分らしく落とし込むという作業は新鮮でとても楽しかったです。
3. オリジナルとは異なる世界観のイラストですが、これはこれでと楽しんで頂けたなら、とてもありがたいです。

shirakaba

bonenod
http://srkb.nobody.jp/

1. 悪ノＰさんの部屋で「悪ノ娘」メンバーがみんなでわいわい遊んでいる所を描いてみました。部屋は自分風に描いていますけど、ところどころ悪ノＰさんの物が含まれています。実は部屋のモデルは編集さんの部屋だったりします。
2. まだまだ描きたい「悪ノ娘」キャラがたくさんいるので、また挑戦したいです。
3. この絵を見て一緒に楽しい気分になっていただけたら嬉しいです。

タンチヨ

tarako piza
http://8139.web.fc2.com/index.html

1.『悪ノ四コマ～悪ノさんと壱加さんと編集部の円舞曲（ワルツ）～』命名は編集I。
2. 悪ノさんや壱加さん、スタッフの皆さんを描くことができて楽しかったです！
3. 悪ノさんの作品が大好きなので、こうして参加できてとても光栄でした。素晴らしい一冊になることを楽しみにしております。

イラスト答え合わせ

shirakabaさんのイラストにはいっぱいのボカロ愛が詰まっております。一緒に探してみましょう。

本棚左から
ZERO-G の PRIMA、
POWER FX の SWEET ANN、
スタジオ・ハードデラックスのロゴ、
VIRSYN の CANTOR 2、
クリプトン・フューチャー・メディアの
アペンドミク、アペンドリンレン、
ZERO-G の SONIKA、
VOXOS の EPIC VIRTUAL CHOIR、
POWER FX の BIG AL、
ノベル『悪ノ娘 黄のクロアテュール』

たこルカ
（イケニエ用）

ノベル「悪ノ娘 黄のクロアテュール」の店頭用ポスター

shirakaba 版の
似てないクラリス
らしい（本人談）

mothy_ 悪ノ P
『EVILS FOREST』

mothy_ 悪ノ P
『EVILS COURT』

mothy_ 悪ノ P
『悪徳のジャッジメント
～ a court of greed ～』

EXIT TUNES
『悪ノ王国 ~Evils Kingdom~』

リリアンヌが遊んでいる
ゲーム機。よく見ると
P…H…P…？

SEGA
-Project DIVA- 2nd

ノベル『悪ノ娘 緑のヴィーゲンリート』を
ミカエラが読むとは……

本棚左から
ZERO-G の LOLA、LEON、MIRIAM、
クリプトン・フューチャー・メディアの
MEIKO、KAITO、初音ミク、鏡音リンレン、
巡音ルカ

ヘッドフォンは
SONY MDR-Z600 あたり

shirakaba 作
『初音家の食卓』です

Good Smile Company
ねんどろいど

Max Factory
初音ミク・アペンド

キーボードは
EDIROL の PCR-800 らしい

AKUNO トールガム
（ブリオッシュ味）

スピーカーは
EDIROL の MA-20D らしい
…ところでこれって誰の作
業環境？

Good Smile Company
ねんどろいど

ストラト Shirakaba
モデルです

shirakaba 氏のサーク
ルステッカー付モデル
は大変レア（嘘）

はちゅねミクが
指揮者気取り

それぞれの想いが錯綜《さくそう》した
〝悪ノ物語〟が、ついに完結!!
舞台は五年後、
再び黄ノ国から始まる——

革命後の黄の国に新たな火種が!?
赤き鎧の女剣士、青ノ国の王など、
シリーズお馴染みのキャラクターも多数登場！

そしてこの物語の語り部は
〝悪ノ娘〟と同じ年になったあの少女——
「悪ノ娘」第三弾今冬発売決定！
すべての黒幕が、ついにそのベールを脱ぐ!?

「悪ノ娘」ノベル第三弾
本体価格：1,200円（予定）
最新情報は公式ホームページで!!
http://www.akunomusume.com/

●著者
悪ノP (mothy)
VOCALOIDを使用した楽曲制作を手がけるプロデューサー。2008年2月28日に『10分の恋』をニコニコ動画に投稿しデビュー。出世作となった『悪ノ娘』『悪ノ召使』はともに150万回以上再生されている。このほか、代表作品に『リグレットメッセージ』『白ノ娘』『悪食娘コンチータ』『ヴェノマニア公の狂気』などがある。2010年に自身の楽曲『悪ノ娘』『悪ノ召使』を基にした小説『悪ノ娘 黄のクロアテュール』にて小説家デビューを果たす。小説第二弾『悪ノ娘 緑のヴィーゲンリート』は第一弾と合わせて30万部を超す大ヒットとなった。

●企画・編集・デザイン
スタジオ・ハードデラックス株式会社
編集／鴨野丈　遠藤圭子　稲留愛由　小俣元　伊藤桃香　平井里奈　石井悠太
デザイン／鴨野丈　福井夕利子　石本遊　松澤のどか

雑誌、編集、映像などのコンテンツ、著作物の企画と編集・デザインを行うプロダクション。主な出版物には『元素周期 萌えて覚える化学の基本』『Constitution Girls 日本国憲法』『ニコニコ動画の中の人』(以上、PHP研究所)、『ヤマハムックシリーズ VOCALOIDをたのしもう』(ヤマハミュージックメディア)、『エンターブレインムック 歌ってみたの本を作ってみた』(エンターブレイン)、『オトナアニメディア』『こえ部であそぶ！今から人気声優の本』(以上、学研マーケティング) などがある。

●協力
クリプトン・フューチャー・メディア株式会社
ZERO-G
株式会社インターネット
株式会社 AHS
ヤマハ株式会社
CAFFEIN
スミス・ヒオカ
ツインドリル
EXIT TUNES

●カバーイラスト
憂
●地図・小物イラスト
KIM DONGHOON

●プロデュース
伊丹 祐喜 (PHP研究所)

悪ノ間奏曲
「悪ノ娘」ワールドガイド

2011年　9月　12日　第1版第1刷発行
2011年　12月　28日　第1版第5刷発行

著者	悪ノP (mothy)
発行者	安藤 卓
発行所	株式会社PHP研究所

東京本部　〒102-8331　千代田区一番町21
　　　　　　　　コミック出版部　☎ 03-3239-6288 (編集)
　　　　　　　　　　　普及一部　☎ 03-3239-6233 (販売)
京都本部　〒601-8411　京都市南区西九条北ノ内町11
PHP INTERFACE　http://www.php.co.jp/

印刷所	共同印刷株式会社
製本所	東京美術紙工協業組合

©mothy 2011 Printed in Japan
©2011 CRYPTON FUTURE MEDIA, INC. www.crypton.net
©CAFFEIN/CFM　©スミス・ヒオカ/CFM　©線/小山乃舞世/ツインドリル
※VOCALOIDはヤマハ株式会社の登録商標です。

落丁・乱丁本の場合は弊社制作管理部 (☎ 03-3239-6226) へご連絡ください。

送料弊社負担にてお取り替えいたします。

ISBN978-4-569-79891-2